付喪神、子どもを拾う。2

真鳥カノ Kano Matori

アルファポリス文庫

https://www.alphapolis.co.jp/

目次

第一章　さくらのせいれいとお花見ごはん

ひらひらひらひら。
さくらの花でいっぱいだ。
空も雲もお星さまも、ぜんぶぜんぶ、さくらになったみたい。
それにね、けんのごはんもみんなさくらみたいだよ。
いろんな色で作られてて、とってもきれいなんだ。
さくらもけんがごはんにしたら……おいしいのかな？

トントン、ぐつぐつ、ジュージュー……
様々な音が、台所から聞こえている。台所のテーブルの上はみるみる皿で埋まっていった。
甘辛いタレでこんがり焼いた魚は褐色、きれいに巻かれた卵焼きは鮮やかな山吹色、彩りを与える野菜たちは新緑の色、そして最後に桜麩を用意して、ほんのり淡い桜色を足す。

様々な香りを放つ、色とりどりの料理を見た悠の瞳は、まるで宝石箱を開けたときのように輝いていた。

「きれい！」

「ああ、こういうのは彩りも大事だからな」

悠の言葉を聞いて、包丁の付喪神の剣は嬉しそうに頷いた。剣は包丁の持ち主であった代々の料理人たちの技と志を継ぎ、普段は流しの料理人として働いている。

家の前で行き倒れていた悠を剣が保護してから、数か月が経った。

二人で台所に立つことは、もうすっかり日課になっている。

昨日の夜から仕込んでいたものも含めて、ようやくすべて料理が出来上がった。

剣は粗熱をとった料理たちを、手早く切り分けて重箱にそっと収めていく。

甘いしょっぱいなどの味別に分けておかずを配置する。それに彩りも考えて、見栄えがよくなるよう注意して並べ、春の味覚が詰まったお重が二段、完成した。

「おかずはこれでよし！　じゃあ最後のお重に取りかかるか」

そう言うと、剣はあらかじめ用意していた大きな桶を引き寄せた。

中に入っているのは、大量の白米。それらは、ほんの少しツンとする香りを放っている。

「おすし！」

ついひと月ほど前、剣たちとちらし寿司ケーキを作った経験から、米が何に使われるかを悠が見事に言い当てる。剣は思い切り悠を撫で回した。

「大正解！　よく覚えてたな」

ぐりぐり頭を撫でられて、悠はくすぐったそうに顔を綻ばせる。しかしすぐに、寿司桶の横に次々並べられるボウルに、不思議そうに視線を移した。

「見てな」

きょとんとする悠に剣はそう言って、しゃもじを手に取った。

雛祭りのときに作ったちらし寿司ケーキとは、用意されている材料が違う。

剣が空いているボウルを手元に置き、寿司桶から四分の一ほど寿司飯を掬い入れる。そこへ、用意していた具材のうちの一つを入れて混ぜ始めた。

ご飯を混ぜ終わると、剣は別の器を手元に寄せた。そこに入っているのは、つゆにつけ込んだ油揚げだ。じっくりつけ込んだおかげで、つゆの色に染まってしんなりした油揚げが、何枚も器の中に重なっている。

剣はそこから一枚取り、切り込みをぱっくり開いた。大きく開いた油揚げの中に、混ぜた寿司飯を詰め、しっかりと口を閉める。

「いなり寿司の出来上がりだ」

「いなりずし？」

「そう。こうして油揚げの中にご飯を詰めて作る寿司だよ」

「……おいしい？」

「もちろん」

剣がそう答えると、悠は頬を真っ赤にして嬉しそうに笑った。食べる前から美味しいと確信したかのようだった。

「あとはこのいなり寿司をたくさん作ったら出来上がりだ。手伝ってくれるか、悠？」

「うん！」

寿司桶の中にはまだ四分の三ほどご飯が残っていて、他に具材もある。

それらを使ってすべてのいなり寿司を作り終えたとき、果たして悠はどんな顔をするだろうか、と剣は考えた。今以上に目をキラキラさせて、食べたそうな顔をするだろうか。

そう思うと、剣もまた作るのが楽しくて仕方ないのだった。

「よし、じゃあ手早く作って出かけようか。伊三次との花見場所で合流したら、このお弁当食べような」

伊三次は元天狗だ。普段はその正体を隠して、私立探偵として働く。剣が悠を拾ったときも、部下である管狐の銅・銀とともに、色々と世話をしてくれたものだ。

「うん！　たのしみ！」

悠の返事が、さっきよりもずっと大きく元気なものだったので、剣は笑いを堪えるのに苦労しながら、次の油揚げに手を伸ばした。

❖

四月の初旬、剣と伊三次、銅・銀は皆で集まる計画を立てた。

理由は一つ。悠に桜の花を思う存分見せてやるためだった。

花見の話をしてから、悠はずっと楽しみにしていた。図鑑で桜について調べたり、ニュースの開花情報を見たりしては、早く行ってみたいと言っていたのだ。

本日は快晴。しかも家族連れの少ない平日。まさに、絶好の花見日和だった。

先ほど作ったお弁当を持って、桜が見事だと評判の公園に剣と悠が足を踏み入れる。すると、想像をはるかに上回る、空を覆い尽くすほどの桜で溢れていた。

空がすべて桜で埋め尽くされたかのように、どこを見ても淡いピンク色の花弁が舞っている。ひらりと舞い落ちる花びらの一つ一つを、悠のまん丸で大きな目が追っている。そして風に乗ってどこかへ飛んでいくたびに「ほぁ」と感嘆の声を漏らす。

「悠、散っている花びらだけじゃなくて、上も見てみな」

剣にそう言われて、悠は頭上を見上げた。すると悠の目が、更に大きく見開かれる。

花びらを降らせる桜の木が、悠のはるか上にあった。

ピンク色の天井が風が吹くたびにゆらゆら揺れて、まるで訪れた者を歓迎しているようだ。

「きれい……！」

「ああ、きれいだな」

今日の日にちや場所、段取りは、すべて伊三次たちが決めてくれた。

おかげで剣は彼らの希望するメニューをすべて作る羽目になったが……

(まぁいいか。悠がこんなに喜んでるなら)

そう思い、剣は胸中で伊三次たちに礼を述べた。

そして先に来て、場所を確保して待っているはずの三人の姿を捜した。

あの三人はとても目立つ。剣は遠目でもすぐに見つけられると思っていたのだが、なかなか見当たらない。そう思っていると、前方から素っ頓狂(すっとんきょう)な声が聞こえた。

「ぴゃっ！」

悠の声だった。

何事かと悠のほうを見ると、真っ白な光が二つ、悠の周囲を飛んでいる。

悠は嫌がってはいない。くすぐったそうにしているというか、じゃれているような様子だ。

「おーい、銀に銅、それくらいにして案内してくれ」

剣が笑いながらそう声をかけると、光はゆっくりと舞(ま)い上(あ)がり、そして徐々に人の輪郭(りんかく)を成した。

「申し訳ありません、剣殿」

「桜に夢中になっている童が面白くて、ついからかってしもうた」

そう言って、銀と銅は二人揃ってぺこりと頭を下げた。

二人とも、今は白い光でも狐の姿でもなく、黒っぽいシャツと綿のズボンに身を包んだ人間の姿をしている。

髪が銀色で、瞳が金色であることを除けば、端整な顔立ちの青年にしか見えない。

「二人とも、今は昼間で、ここは公園だぞ。さっきみたいなことして、大丈夫か？」

二人の容姿はただでさえ人目を引くというのに、急に光が人間の姿に化けるところを見られたら、大騒ぎになりかねない。

だが、今は人の少ない平日。剣が周囲を見回しても、近くに人がいる様子はない。

「大げさじゃのう、剣殿は。我々とて、それくらい心得ておりますぞ」

「仮に銅が何かしでかしても、私がなんとか取り繕いますので、ご安心を」

「……待て、何かしでかすのが我であることが前提なのは何故じゃ？」

銅の追及を無視して、銀は剣の荷物をひょいっと受け取った。

「剣殿のお手製の花見弁当ですな。主様も、それはもう楽しみにしておられました。ささ、こちらへ……」

「ありがとう、銀。悠と一緒に作ったんだ。悠も食べてほしそうにしてたよ」

「おい、待たんか！　我の問いは……」

すたすた歩き去ろうとする銀を追いかける銅。

その服の裾を、下からきゅっと引っ張る手があった。悠の手だ。

「あかがね、おべんとう、おいしい、はやく」

悠は、以前よりも口数が増え、言葉遣いもしっかりしてきた。しかし、何か夢中になったり、とてつもなく楽しみなことがあると、こうしてたどたどしくなる。

今のは『お弁当が美味しそうだから、早く食べよう』の意だ。

純粋な瞳を向けられ、銅は一瞬にして気が抜けてしまった。

「お主にはかなわんのう……」

苦笑いとともに、銅は悠の手を握って剣たちに追いつき、四人で弁当の中身についてあれこれ話し始める。

❖

しばらく歩くと、レジャーシートを敷いて待っている伊三次が見えてきた。

「おまえたちは本当……食い物のことしか頭にねえのか」

今回の花見の発起人である伊三次が呆れ顔で言う。

「主様こそ、剣殿の料理を食べたがっていたではありませんか！」

「そうです。主様も料理に挑戦してみたらいかがですか？　私たちのいつもの食事といったら……」

銅と銀が不服そうに対抗する。

（本当、伊三次たちは食に関することで争いが絶えないなぁ……）

伊三次と銀・銅が、日々の食事についてさもしく、喧々囂々とやり合っている様子を横目で見ながら、剣はささっと重箱を広げていった。

文句を言い合う三人だったが、剣が重箱の蓋を取ると、その言い合いがぴたりとやんだ。

「おお、美味そう！」

「誠に」

「さすがは剣殿じゃ！」

急に意見が一致した伊三次と管狐たちに、悠は順番に割り箸を渡していく。

「どうぞ」

「おお、ありがとうな、悠。おまえは、本当にいい子だなぁ……」

何やらしみじみ言って悠の頭を撫で回す伊三次。

悠はくすぐったそうにしている。横で聞いていた双子は、ぴくんと反応した。

「主様……『おまえは』とはどういう意味でしょうか」

「言葉どおりだよ」

銀の言葉に伊三次が答える。

「童が『いい子』であるのは疑う余地はありませぬが、我々は？」

「さあな」

銅の問いを軽く受け流して、伊三次は悠の頭だけを撫で続ける。

怒りの視線を向ける双子と伊三次の間に、剣が割り込んで言った。

「はいはいはい、そこまで。ここは俺と悠に免じて、皆仲良く……な？」

剣呑な雰囲気はやんだが、まだ双方はふてくされたままだ。

剣はさっと一つ目と二つ目のお重を引き寄せて、料理を見せていく。

「ほら、悠と一緒にたくさん作ったんだぞ～！　昨日の夜から仕込んで頑張ったんだぞ～」

剣の言葉で、伊三次と銀・銅、三人の視線が重箱の中に集中した。

詰められたメニューの一品ずつに、目を留めている。

「……出汁巻き卵が桜形になってるな。あと桜麩もある」

「そうそう。伊三次の希望だったからな」

「芋の蜜煮に高野豆腐の田楽もありますな」

「うん、銀の希望だったな」

「……幽庵焼きに、たこの桜煮まで……」

「そりゃあ、銅の希望だったからな。それに、まだあるんだぞ」

伊三次、銀・銅が口々に言い、剣が笑顔で答える。

剣が悠に目配せすると、悠は『待ってました』と言わんばかりに、わくわくした顔で、三つ目のお重の蓋を開いた。そこに入っていたのは……

「「「い……いなりずし！」」」

伊三次たちの声が重なった。

悠が開けた三つ目のお重には、甘辛いつゆをたっぷり吸った、つやつやのいなり寿司がぎっしり詰まっていた。甘い香りときれいに整列した美しい見た目に、銀と銅は言葉をなくした。それまでのピリピリした気持ちなど、どこかへ吹き飛んでしまったかのように、じっと重箱の中を見つめている。そして、時々ちらちらと伊三次と剣のほうを見て、食べてもいいかうかがっている。

「あー、まぁなんだ。悪かった。剣と悠の弁当を、堪能するとしようか」

伊三次はそう言うと、今度は剣のほうを見た。

剣が静かに手を合わせる。悠もそれに倣い、続いて伊三次たちも手を合わせた。

全員が手を合わせたのを確認して、剣は高らかに告げた。

「では皆、花見のご飯をたくさん召し上がれ。いただきます！」

「「「いただきます！」」」

他の面々も大きな声でそう言って、一斉に箸を取った。思い思い好きな料理を一口パクリと食べる。そのあとに発する言葉は、もう決まっていた。

「美味い！」

「美味しいですね」

「美味いのう！」

「おいしい！」

「そうか、よかった」

笑顔を見せる伊三次たちに剣はホッとして、自分も一口、頬張った。この面子が集まると、早く食べないとすぐになくなってしまうのだ。

「すごいな！　この出汁巻き卵どうやったんだ？」

伊三次がもぐもぐ言いながら、剣に尋ねる。

「ああ、それは……普通の出汁巻き卵を作って、竹串を五箇所にあてて、輪ゴムで固定してしばらく待つんだよ。そうすると、こういう花の形に変形するんだ」

「へぇ……」

感心しながらまたぱくっと一口食べる伊三次を横目に、剣も次のおかずに箸を伸ばそうとした。すると今度は、伊三次の横の銀から、感嘆のため息が漏れる。

「この芋の蜜煮の相変わらず美しいこと……感服いたします。どうすれば、このように美しく作れるのですか？」

「いや、別に特別な作り方はしてないよ」

そう剣が言ったものの、銀の目は期待に満ちている。

「えーと、たぶん大事なのはアク抜きじゃないか。黒っぽくならないようによく水にさらすのがコツかな……あとはよくあるレシピどおりだよ。砂糖、みりん、塩で煮て……」

「アク抜きの極意とは……⁉」

よほど蜜煮が気に入ったのか、銀はいつになくグイグイ来る。普段は冷静なので、印象が大きく違って、剣は戸惑っている。すると銅が、剣に迫る銀の首根っこを掴んで止めた。

「やめんか。お主が聞いたところで焦がすだけであろうが」

「何を⁉」

「そういうのは我が聞いておく。お主は下がって芋を食っておれ」

銅がしっしっと手を払うと、銀は悔しそうにしつつも引き下がった。不器用な自覚があるため、こう言われても何も言えないのだ。

銅はニンマリと笑みを浮かべて、先ほどの銀よりも近く、剣に詰め寄る。

「剣殿、剣殿！　このたこの美味さの秘訣をお教え願いたい！」

どうやら、質問攻めからはまだ解放されないようだ。剣は諦めて、箸を置いた。

「秘訣って言っても、普通のことしかしてないよ。昨日の晩から寝かせてたから味がよく沁みてるくらいじゃないか？」

剣がそう口にすると同時に、隣から小さな悲鳴が聞こえた。

悠がたこの桜煮を見て震えていたのだ。

「なんじゃ童よ。たこが怖いのか？」

そう尋ねる銅に、悠は首を横にぶんぶんと振って、おそるおそる呟いた。

「それ……いたい」

「痛いとは？　事切れておるから何もせぬぞ？」

銅が不思議そうに言う。

悠のその言葉に、剣は心当たりがあった。縮こまる悠を撫でながら、剣が代わりに説明した。

「たこの下処理をしたときに、悠に手伝ってもらおうとしたんだけど……そのときにショックを受けたみたいでな。弁当箱に詰めるときも、たこのときだけこの調子だったんだ」

「どのような恐ろしい処理を？」

「いや、普通だよ。思いっきり叩いたんだ、大根で」

「「大根で!?」」

銅だけでなく、伊三次と銀の声まで重なった。悠はというと、そのときの光景を思い出したのか、俯いてしまった。

「たこは大根で叩いて煮ると柔らかくなるんだ。大根の酵素が、たこの繊維質をほぐすのにいいって言われてるんだよ」

「なるほど……それで、悠の目の前でたこをぶっ叩いたんだな。一切遠慮なく」

伊三次がため息を吐きながら言う。

「……まぁ、そういうわけだ」

悠はとても感受性が強い。食材に対しても感情移入してしまうようだった。

すでに捌かれた肉や魚ならともかく、まだたことわかる姿をした状態で、したたかに打ちつけられている様を見たら『痛そう』と思ってしまうのも無理はない。

悠は怯えていたのではなく、たこを哀れんでいたのだ。

「まったく……変なところで鈍いんだからなぁ、剣は」

「どっちにしろ俺がやるつもりだったんだけど……悠じゃ叩く力が足りないからな」

「そういうことじゃない」

「私もそう思います」

「左様ですな……」

全員から突っ込まれ、剣は素直にそれを受け止めた。

悠は、やはりその光景がトラウマになっているのか、たこだけ見事に避けて食べている。

他の料理は満面の笑みでもぐもぐしているというのに。

「なんとか、あの場面を忘れさせてやれないもんかな」

「そんなもの、容易いでしょう」

悠の分までたこを頬張りながら、事もなげに銅は言った。

「おまえはまたお気軽にそんなことを……」

「余計なことはしないほうがいい。事態が悪化する」

伊三次も、銀も、揃って眉根を寄せてたしなめる。

「失敬な！　本当に容易いからそう言っておるのであろうが」

三人の喧嘩を悠はハラハラして見つめていたが、銅は構わず剣の肩を掴んで告げた。

「剣殿、料理のトラウマを取り除くのは料理しかありませぬ！　たこを打ちのめす光景を童が忘れてしまうほどの美味い料理で、よき思い出を作ってやるのです」

「銅……簡単に言ってくれるなぁ……」

銀は珍しく銅に同意しているのかうんうん頷き、伊三次は呆れながらコップに酒を注いでいた。桜が舞ってこんなにも華やかなのに、どうして自分だけ悩まなくてはならないのか。

そう心の中でぼやきながら、剣はがっくりと項垂れた。

すると、伊三次がため息交じりに言う。

「別に難しいことじゃねえだろ。悠が食べたことのない料理なんて山ほどあるんだから」

「そりゃあ、そうだけど……」

剣の憂鬱を吹き飛ばすように、少し強い風が剣たちの間を吹き抜けていった。

風に運ばれて、小さな花びらが目の前を舞う。はらはら舞い落ちる様は、まるで季節外れの雪のようだ。そんな淡雪に似た花びらがひとひら、伊三次の持つコップの中に落ちる。

「いいねぇ、風流だ」

伊三次はコップを弄び、しばし花びらが舞う様を楽しんでいた。

「そうだ」

すると、まだうんうん唸っている剣に向かって、伊三次が突然声をかける。

「悩まなくても、悠が今、ものすごく気に入ってるものがあるじゃねえか」

「ものすごく気に入ってるもの？」

尋ねる剣に微笑んでから、伊三次は悠と視線を合わせた。相変わらずたこ以外を元気に頬張っている。

「なあ悠、桜、好きか？」

そう聞きながら、伊三次は桜の木を指さした。桜が舞っている様を見て、悠が力いっぱい頷く。

「そうかそうか。そんな悠に、とってもいいお知らせがある」

「おしらせ？」

「そう。実はな……この桜、食べられるんだ」

「え⁉」

悠は、持っていたいなり寿司を落としそうになりながら叫んだ。そして、伊三次と頭上の桜を何度も何度も見比べている。信じがたいらしく、最後には剣に視線を向けた。

「まぁ……塩漬けにしたものを料理に使うのは、よくあるな」

剣がそう言うと、悠は衝撃を受けていた。

これほどきれいで可憐なのに、その上食べられるのか。悠がそんな風に思っているのが、はっきり顔から伝わってきた。そして、悠の行動は早かった。

持っていたいなり寿司を手早く食べ終わり、手を拭く。そして次の瞬間には、レジャーシートの脇に寄せていた靴を履いていた。

「え、どこに行くんだ？」

剣が尋ねると、悠は凛々しい面持ちで答えた。

「さくら、さがす！」

そう告げると、悠は走り去ってしまった。

「あれま……思い立ったが吉日ってか。誰に似たんだろうな」

伊三次の暢気な言葉に反論する間もなく、剣は立ち上がった。

しかし、すぐに袖を引かれ、引き戻される。

「そんなすぐに追いかけなくていいだろ」

「悠はこの公園に来たのは初めてなんだぞ。迷子になったりしたら……」

「公園の中にいれば心配ないだろ。いざとなったら、こいつらに迎えに行かせるさ」

伊三次が言うと、銀・銅の二人は頷いた。確かに、剣が歩き回るより、二人が気配を探るほうがずっと早くて確実だ。だからといって、保護者である自分が何もせずにいていいものか……剣は考えあぐねる。

「あんまり四六時中べったり張り付いているのもよくないぜ。子どもの初めての冒険を見守ってやろうや」

そう言われてしまっては、剣には返す言葉がなくなる。大人しく座り直した剣に、伊三次はコップを渡し、酒を注ごうとした。

酒が入るより前に、剣は素早くお茶を注いで、ぐいっと一気に飲み干した。

悠が少し歩いてみると、桜の花びらはそこかしこに落ちていた。
それまで枝に咲いているものと、舞(ま)っている花びらしか見ていなかったが、足元にも桜の絨毯(じゅうたん)が敷(し)いてあるようだ。
「すごい……！」
悠はそう言いながら、視線を上に向ける。

料理をして食べるなら、やはり地面に落ちているものはよくないのではないかと考えたのだ。しかし、どうしても踏まずには歩けない。

踏まれてしまった花びらは、食べるのには向いていないだろう。

「ごめんね」

足元の花びらたちにそう言って、悠は落ちてくる花びらに手を伸ばした。

伸ばした手の先に、ひらりと軽やかに舞う花びらがある。悠はそれを掴もうとした。

しかし、ふわりと悠の手から逃れてしまう。

「あれ？」

掴めたと思ったのに、悠の掌は空っぽだった。

もう一度、落ちてくる花びらをじっと見つめる。狙いを定めて、今度はゆっくり近付いていく。両手でそっと包み込むようにして、ぎゅっと掴む。だが、手を開くとやはり掌は空っぽ。悠のことをからかうように、花びらはどこかへ行ってしまうのだった。

「……なんで？」

「掴もうとしちゃ、ダメだ」

悠の問いに答える声が、聞こえた。それは悠のまったく知らない声だった。

振り向くと、声の主が立っていた。悠よりも背の高い、真っ白なシャツに、真っ黒の半ズボンを履いた男の子だった。

驚いて瞬きばかり繰り返す悠に向けて、男の子はそっと手を差し伸べた。

その手は悠の手を掴むのではなく、悠の頭の上に伸びていった。そして、悠の髪の毛についていた、ひとひらの花びらを摘まんだ。

「ほら。欲張ると手に入らないけど、ジッとしてたら、こんなに簡単に降ってくるんだよ」

男の子は悠の掌にそっと花びらを載せた。

泥もついておらず、うっすら透けて見えるほど薄い、とてもきれいな花びらだった。

「ありがとう」

悠がぺこりとお辞儀をしてそう言うと、男の子は小さく会釈した。

「桜……きれいだな」

「うん！」

取ってもらった花びらを、悠はしげしげと見つめている。そして、今度は逃すまいとぎゅっと握りしめて、新たな花びらを掴まえようと構える。

「まだ、取りたいのか？」

「うん、いっぱい」

「そんなに取って、どうするんだ？」

「料理、してくれる！」

「……料理？」

男の子は怪訝な顔をするが、そんなことに構わず、悠は花びらを取ろうとし続けている。だがやはり、逃げられてしまう。何度も逃がして、悠はしょんぼりしていた。

「料理に使うのは、それじゃない」

男の子が呟く。

「ちがうの？」

悠が聞き返しても、返事は返ってこなかった。それどころか、さっきまで男の子がいた場所には誰もいない。いったいどこに消えたのか。足音は聞こえなかったのに。そう思って悠がきょろきょろあたりを見回していると、再び背後から声が聞こえた。

「ほら」

見ると、またあの男の子がいた。その手には、花びらよりも大きい、花そのものが握られている。

「桜の塩漬けは、こういう状態で作ることが多いんだ」

「花びらじゃなくて、花？」

「ああ」

悠は感嘆の声を漏らしながら、男の子の手の中の花をじっと見つめる。

「花も、今咲いてるソメイヨシノじゃなくて、八重咲きの桜のほうがいいらしいぞ」

「……ヤエザキ？」

「こう、花びらが何重にも咲いてる花で……いや、家に帰ってお母さんとかに聞けよ」

男の子は何故か急にぶっきらぼうにそう言った。それに対して、悠は首を傾げる。

「おかあさん、いない」

「じゃあ、お父さんに」

男の子の言葉に悠は考えを巡らせて、嬉しそうに言った。

「けん！」

「『けん』て、誰？」

「ごはんとってもおいしいんだよ。あとねやさしい。いつも、すっごくがんばってる！」

「……は？」

まくし立てる悠に、今度は男の子のほうが首を傾げた。

男の子の質問には答えず、悠は全力で剣のことを褒め称えている。

悠が必死なのはなんとか伝わったのか、男の子は怪訝な顔をしながらも尋ねた。

「お父さんを『けん』て呼んでるってこと？」

「わかんない」

「なんだそれ？　じゃあ、もしかして他人なのか？」

「たにん？」

男の子の口元が一瞬だけ歪んだ。笑っているようにも、悲しんでいるようにも見える。

「その『けん』とおまえは、家族でもなんでもないってことだよ」

男の子の言葉の意味を、悠は測りかねた。何度も考えて、その言葉を反芻(はんすう)して、俯(うつむ)いたり空を仰(あお)いだり……時間をかけて答えを出そうとしている。

そして何かに思い至った。その悠の顔は……晴れやかだった。

「うん！　けん、だいすき！」

「……は？」

男の子が瞬(まばた)きを繰り返す間も、悠はニコニコしている。

「あのね、けんのごはんね、すっごくおいしいんだよ」

「それはもう聞いたよ。でも、他人だろ？」

「うん。いちばんおいしい！」

「……他人が作ったご飯が、一番なわけない」

これにもまた、悠は考え込んだ。一生懸命考えて、言葉の意味を理解する。

「そんなことない！」

「家族が作ってくれたご飯が一番に決まってるだろ！」

「ちがう！　けんのごはんおいしい！　もってくる！」

そう叫ぶと、悠はくるりと踵(きびす)を返して走り去った。あとに残された男の子は一人、ぽつんと立ち尽くしたままだ。

「家族のご飯……食べたい」

悠には男の子の零した独り言は、聞こえていなかった。

色々な料理を堪能してお腹も心も満たされた伊三次たちは、ほとんど空の重箱を前に、酒だけをちびちび舐めていた。剣はやはり心配だからと悠を捜しに行ってしまった。

あともう少ししても帰ってこないようなら、剣も悠もまとめて捜しに行くつもりでいたので、伊三次たち三人は暢気に構えているのであった。そこへ、何やら慌ただしい足音が聞こえてきた。

「おかえり、悠！」

「戻ってきたのですね。収穫はありましたか？」

「童よ、桜は見つかったか？　……なんじゃ、一枚きりではないか」

伊三次たちが口々に言葉をかけるも、悠はその一切に応じようとしない。必死の形相だ。眉をきゅっと寄せたまま、悠は料理を凝視する。重箱のほとんどは空っぽだった。

伊三次たちは、料理がなくなって悲しむだろうかと心配したが……悠は構わず最後の重箱に視線を向けた。いなり寿司が入っていたお重だ。まだいくつか残っている。

「あった！」

「おお、いなり寿司はそんなに食べてなかったみたいだから残しておいたぞ。それ、四種類の味に分かれてたんだな」

「童よ、お主も作ったのだろう？　礼を言うぞ」

伊三次と銅が言う。

「おいしかった？」

鼻息荒くそう尋ねる悠の様子に、伊三次たちは圧倒され、何度も頷いてみせた。

すると悠は、二人が頷くのを見て、満足そうに笑った。

「どうした？　残り全部、悠が食べていいぞ？」

手をつけようとしない悠に、伊三次は言った。だが悠はちらりと伊三次を見上げて問う。

「……あげてもいい？」

「そりゃおまえの自由だけど……あげるって、誰に？」

伊三次の問いに、悠は答えなかった。考え込んで、答えを探しているような様子だ。

何かがおかしいと三人は感じた。

「悠、誰かに食い物をよこせって言われたのか？」

伊三次のその問いに、悠ははっきりと首を横に振った。

「じゃあ誰に持っていくんだ？　大人か子どもか。男か女か。それだけでも答えてくれねえか?」

「こども! おとこのこ!」

「ふむ、男の子ねぇ……で、名前はわからないってことか」

伊三次が問うと、悠は素直に頷いた。

「けんのごはんが、いちばんおいしいから、これあげるの」

「んん? どういう理屈だ?」

伊三次たちには悠の言っていることはまるで理解できなかったが、悠の中ではしっかり筋が通っているのだろう。さっきから、早く戻りたそうにうずうずしている。

これ以上話していても、悠自身、上手く言葉にできないかもしれない。

「うーん、わかった。じゃあ持っていってやりな。転ぶなよ」

「うん!」

伊三次の言葉に大きく頷くと、悠は再び走っていった。風の如き速さだ。

その背中を見送りつつ、伊三次は正体不明の男の子が気にかかっていた。そして、側に控えていた二人に告げた。

「銀、剣を呼んでこい。銅、悠についていけ。ひっそり、な」

「「御意」」

銀と銅は同時にそう答えると、成人男性から白い光へと姿を変えた。そして、ふわりと浮かび上がり、それぞれ別の方向へと飛び去った。

「まぁ杞憂であれば、それはそれでいいから」

そう言い、伊三次は空になったコップを地面に置いた。

❖

悠が急いで走っていくと、あの男の子は、まだ同じ場所で桜の雨に降られていた。

頭に降ってくる花びらを気にもせず、男の子は視線を悠に向けた。

そして次に、悠が手に持っているものに視線を移す。

「はい！」

「……いなり寿司？」

悠が手にした重箱の中には、数個のいなり寿司が入っていた。それらを一つ一つ指さしながら、悠は説明する。

「これ、ふつうの！　これ、しょうが！　これは、ふき！　こっちは大葉と……えーと」

「梅？」

男の子の補足に、悠はめいっぱい頷いた。

「梅のいい匂いがするもんな」

男の子はしげしげといなり寿司を一つ一つ見ている。しかし、手を伸ばそうとはしなかった。そしてわずかに眉根を寄せて、首を横に振った。

「ごめん。いらない」

「なんで？　けんのごはん、おいしいよ」

悠は驚いて、もう一度重箱を男の子に差し出した。だが男の子は、それをそっと押し返した。

「どうしても食べたいものがあるんだ。それ以外は、いらない」

悠は、更に驚いた。剣のご飯を「いらない」と言われた挙句、他に食べたいものがあるなんて、予想外なことだったのだ。

悠はしょんぼりしていた。その様子を、男の子は申し訳なさそうな表情で見つめる。

「……おまえ、家族いないのか？」

「？」

顔を上げた悠は、きょとんとする。男の子の言葉が、すぐには理解できなかった。

「それ作ったの、お父さんでもお母さんでもないんだろ。じゃあ……」

ふいに、男の子の口の端が持ち上がった。

優しげな笑みを浮かべたかと思うと、男の子は悠に手を差し出す。

首を傾げつつも、悠はその手を握り返そうとした。しかし、そこで声が聞こえた。

「悠！　おーい、どこだ⁉」

「けん！」

悠は瞬時にきょろきょろして、声の主を捜す。

剣は、悠に向かってまっすぐ駆け寄ってくるところだった。

その後ろには銀も銅もいる。悠はぴょんぴょん跳ねながら手を振る。そして、剣のことを見てもらいたいと思って男の子のほうを振り向いた。だが、男の子の姿はどこにもなかった。まるで、初めから存在しなかったかのように、跡形もなく消えてしまった。

悠が周囲を見回していると、剣が息を切らして駆け寄ってきた。

「悠、こんなところで何してるんだ？」

「……おとこのこ、いた」

「男の子？」

剣もまた周囲を見回し、銀と銅に視線を送る。だが、二人とも首を横に振っている。どういうことなのか、揃って首を傾げていると、悠がそろりと呟いた。

「たべてもらえなかった。たべたいものじゃないって……」

悠が重箱の中身に視線を移す。剣が作った、自分もお手伝いした、美味しいいなり寿司なのに。男の子の『どうしても食べたいもの』ではなかったために、断られてしまった。

それは剣のご飯が大好きな悠にとって、とても悲しいことだった。

じんわり涙を浮かべる悠の頭を、剣がそっと撫でる。

「人によって食べたいものや食べられるものは違うさ。それを無理矢理食べろとは言えないよ」

悠が野菜を怖がって食べられなかったとき、剣は色々と工夫をしてくれたけれど、無理に食べろとは言わなかった。そのことを、悠は思い出した。

「……うん」

「また、会えるといいな。そのときは、食べてもらえたら嬉しいな」

「うん」

悠の表情がほんの少し和らいだのを見て、剣は悠が持っていた重箱を受け取った。

そしてもう片方の手を悠に向けて差し出す。悠は迷いなく握り返した。

「おう、おかえり」

戻ってきた剣と悠を見て、伊三次はそう言った。伊三次は銀と銅に目配せをしつつ、重箱の中身を覗き込んだ。いなり寿司が四種類一つずつ残ったままだ。

「食ってくれなかったんだな、その子？」

伊三次の言葉に、悠はしょんぼり頷いた。その様子を見た伊三次は、ひょいっといなり寿司を一つ口に放り込む。

「うん、美味い！　こんなに美味いもん食べないなんて、もったいないな」

美味しいと言ってもらえて、悠の頬が桜の花びらのようにピンク色に染まっていく。

「本当に美味い。これは何が入ってるんだ？」

「しょうが！」

伊三次の問いに悠がぴょんぴょん飛び跳ねながら答えると、剣がそれを補う。

「生姜の甘酢漬けを細かく刻んだものだよ。甘いと酸っぱいが、いい塩梅で混ざってるだろ」

油揚げの中を見てみると、真っ白な酢飯の中に、淡い桜色の刻み生姜が混ぜ込まれている。まるで桜の花びらのようだ。

「風流だねぇ」

伊三次がそう言うと、今度は銀と銅がそれぞれ一つずつ、いなり寿司を手に取る。

「先ほども食べましたが……こちらには何が？」

「童よ、こちらには何が入っておる？」

双子が同時に尋ねるので悠はどちらに答えるべきか混乱している。

そして双子のほうは、自分の答えを先に言わせようと視線で争っていた。そんな二人を、伊三次が順番にデコピンし、剣が代わりに答える。

「銀のほうがふき。銅のほうが大葉と梅だよ」

「ほほう」

剣の答えに、二人揃ってそう呟き、何やら感心している。

「なるほどふきですか」

「なるほど、梅……！」

「そうそう、どっちもいい香りだろう。ふきは萌黄色がきれいでご飯と合わさると水晶みたいだし、大葉と梅は互いの香りを引き立て合って……どっちも美味いよな」

剣が『どっちも』を強調して言ったことで、銀も銅も互いに目を見合わせる。仲良くしろ、と釘を刺されたのがわかったのだろう。二人はなんとか矛を収めた。

確かに、悠を慰めようとして喧嘩をしていたら世話がない。二人は同じ速さでそれぞれのいなり寿司をぱくっと食べ終わると、名残惜しそうに最後に残された一つを見つめた。

最後の一つを誰が食べるかは、決まっている。

「これは、悠が食べていいんじゃないか？」

剣が残ったいなり寿司を指さして言う。というか、もともと残っていたものは全部悠にあげる予定だった。伊三次たちは苦笑いを浮かべて頷いた。

悠はそろりと最後の一つを手に取り、半分に分けた。そして片方を剣に差し出す。

「はい」

「……くれるのか？」

悠は、コクリと頷く。なんだか照れくさそうだ。最近、悠は剣と『半分こ』をしたがる。剣が半分を受け取ると、この上なく幸せそうな顔をするのだ。

「ありがとう」

だから剣も、遠慮（えんりょ）なく受け取る。

そして、決まって二人同時にぱくっと食べてしまうのだった。悠が先ほど浮かべていた悲しそうな表情はもうない。

「やれやれ、こんな美味いものを断るとは、馬鹿なことをするのう」

「おまえ……なんで蒸し返すんだよ」

カラカラ笑う銅を、伊三次が厳しく睨（にら）んでたしなめた。だが悠はニコニコして聞いているし、剣も笑っている。

「何か事情があるんだろ。今度会ったら、リベンジすればいいさ。なぁ、悠？」

「……りべんじ？」

「今度こそ、食べてもらおうなってこと」

「うん！」

剣の言葉にグッとガッツポーズする悠を見て、ほっと安堵（あんど）する伊三次たちだった。しかし、一つ気になることがある。

「しかし、その男の子ってのは……どこの子なんだろうな？」

伊三次が軽い調子で言う。

その質問は悠についていった銅に向けられていた。銅が静かに首を横に振る。

「わかりませぬ。ただまぁ、悪い感じはしなかったのう……」

「やさしい！」

悠は即座にそう言い、先ほどもらった花びらを見せた。

「とってくれた！」

「そうか。これを取ってくれた子だったのか。そりゃあ、お礼しないとな」

「あとね、お花がいいって教えてくれた」

「ああ、確かに塩漬けにするのはそっちのほうがいいって言うな」

悠の言葉に伊三次は考え込む。そして、うーんと唸り声を漏らしたかと思うと、急に何か閃いた顔をして、ぽんと手を叩いた。

「その男の子、もしかしたら桜の精霊だったのかもしれねえな」

「……さくらのせいれい？」

「この公園の桜の木を守ってるっていうのかな。とにかく、桜の精霊が友達なんてやるじゃねえか、悠！」

わしゃわしゃと頭を撫で回されて、くすぐったそうにしつつも、悠は誇らしげに笑った。

ひとまず、よくないことが起こったわけではないとわかって剣は安心する。しかし、その表情はすぐに曇（くも）った。

「悪いものは我々（われわれ）が寄せつけぬようにするゆえ、心配しなさるな」

剣の顔を見て、銅が言う。

「ああ、ありがとう……でも、今思っていたのはそのことじゃなくてだな……」

剣の視線は再び悠に向けられた。褒（ほ）められて無邪気に笑っている悠に。

「悠に子どもの『友達』ができたのは初めてなんじゃないかってことだ」

「確かに、そうですね」

銀が剣に同意する。悠は剣に拾われてからこれまで、ずっと剣とその周囲の人とともに過ごしてきた。接する人は限られてくる。剣と、伊三次たち、それに商店街の人々。剣が買い物に行く時間帯だと同年代の子どもたちはあまり見かけない。

「本当なら、悠の年齢なら幼稚園か小学校に通って、同い年の友達がいっぱいできるものだろう。だけど……」

悠には、戸籍がない。更に、親代わりである剣は付喪神（つくもがみ）だ。普通なら当たり前にできることが、悠にはできない。

「このままじゃいけない。だけど、どうしたものかな……」

剣自身も戸籍がないので、どうしたらいいか、考えあぐねてしまう。しかも悠と違って剣は付喪神。人間社会の戸籍を手にする手段など、あるはずもない。

（あやかしである俺が、悠にしてあげられることは、いったいなんなんだろうな……）

そんな考えがよぎり、剣の大きなため息が空気に溶ける。

「あのー」

猫背になりかけていた剣の背中に、遠慮がちな声がかけられた。慌てて振り向くと、声の主である女性は、ニッコリ微笑んでいた。その笑みは、剣がよく知る笑みにそっくりだ。

「あなたは……！」

「やっぱり剣さんだ。こんにちは！」

挨拶をすると女性は、剣の背後からひょこっと顔を覗かせた悠を見つけて、更に微笑んだ。

悠も思わずニコッと笑い返した。女性は続いて伊三次たちにも笑いかけた。

「伊三次さん、銀くん、銅くん、お久しぶり。たくさん食べてる？」

「お久しぶりです。ええもう、本当に……ちっとは食い物以外のことも考えてほしいですよ」

「考えているでしょう！　主様の命はきちんと果たしているはず」

「文句を言われる謂れはありませんぞ！」

またしても喧嘩を始めそうになる三人を引き剥がして、剣が女性に言う。

「あー……今日はどうしたんですか？　お仕事ですか？」

「ううん。市役所に行ってきたの。ちょっと手続きがあってね。ねぇ、もしかして、その子が……？」

女性の視線が、もじもじしている悠に向いた。照れた悠が剣のほうを見ると、剣は考え込む。

剣の真剣な様子を感じ取って、女性は剣に問いかけた。

「剣さん、どうしたの？」

その言葉に被せるように、剣は迫った。

「あの、今度お時間いただけませんか⁉」

「へ？」

あまりの気迫に、女性はあとずさったが、剣は更に距離を詰める。

「大切なお話があるんです」

「た、大切な……？」

剣が頷くと、女性もおずおずと頷き返した。

第二章　おもいを届けるたまごやき

くるくる、くるくる……黄色いたまごが丸まっていく。
あついゆげの中から、においがする。
甘いにおい、しょっぱいにおい、ほんのりこげたにおい……いろんなにおい。
でも、けんのたまごやきとはなんだかちがう。
あまくて、ちょっとしょっぱくて、雲みたいにふんわりしてて……
ぜんぜん、けんみたいにできない。
そうだ、けんのたまごやきは、まほうでできてるのかな？

『緒方小児科医院』は、今日も診察を待っている患者でいっぱいだ。
そして、午前の診療が終わった頃。誰もいなくなったあとの静かな院内に訪問者が二人だけいる。

診察室ではその二人……剣と悠が椅子に座り、ただ黙って向かいに座る人物の言葉を待っていた。その人物は、この医院の若き院長である緒方八重。長い髪を後ろできっちりまとめ、きりっとした目元から理知的な空気が漂っている。

「先生、どうですか？　悠の体は？」

剣は悠を膝に抱えたまま、ぐっと身を乗り出した。料理を作っているときとは打って変わって、焦った表情を浮かべている。

そんな剣に、八重はふわりと目元を緩めて答えた。

「良好です。心拍は異常なし。胃腸も大分正常に機能してきていますね。きっと栄養状態がいいからでしょう」

その言葉に、剣は胸を撫で下ろした。

「そうですか……よかった……！」

思わず力が抜けた剣だったが、悠を抱きしめる腕にはより一層力がこもった。

「でも激しい運動はできるだけ控えてくださいね。まだ筋力が弱いですから」

「はい、気を付けます……緒方先生」

剣がそう言うと、八重はそっと悠の頭と頬を撫でた。悠はその掌の感触を、心地よさそうに受け止めている。

緒方小児科医院は八重の父の代から長年、地域の子どもたちの健康を守ってきた、信頼が厚い医院だ。とはいえ、ここは剣の家から電車で二駅ほど離れた場所である。近いというほどの距離ではない。

何故ここまでわざわざ悠を連れてきているかというと、八重が悠の特殊な事情を汲み、無償で健康状態をチェックしてくれるからであった。ここまでしてくれるのは、ある知人が、彼女に剣を紹介してくれたおかげだ。

「おーい、終わったか？」

無遠慮にも診察室のドアを開けて勝手に入ってきたその人物に、八重は鋭い視線を向ける。

「診察中なんだから、勝手に入ってこないでよ、伊三次」

「おぉ、悪い悪い」

そう、伊三次からの強い薦めで、剣はこの医院に通うことを決めたのだ。

詳しいことは剣も知らないが、昔八重が伊三次の探偵事務所にとある依頼をしにきたのだとか。伊三次が見事に事件を解決して以来、八重は文句を言いつつも、何かと彼に協力してくれるのだ。剣がお礼を伝えると、八重はいつも決まってこう言う。

『こいつに迷惑をかけられてる同志ってことで』

言うまでもなく、『こいつ』とは伊三次のことだ。

「あのねえ、ここはあなたの家じゃないんだから。いきなり来てほいほい入られたら困るのよ」

「悪かったって。中にいるのがこいつらだってわかってたから、つい」

呆れてため息をつく八重を尻目に、伊三次は時計を指さして剣に言う。

「剣、そろそろ行かないといけないんじゃないか？」

「あぁ、そうだった」

剣は慌てて悠の衣服を整え、上着を着せると、自分の荷物を掴(つか)んだ。

今日は昼から、人と会う約束をしているのだった。待ち合わせの場所は緒方小児科医院から近く、駅を挟んだすぐ反対側だった。

少し込み入った話をする予定なので、悠と一緒というわけにもいかなかった。そこで剣の用事が済むまでの間、伊三次が悠の面倒を見てくれることになったのだ。このあとは剣の家ではなく、伊三次の事務所に行くことになっている。

「じゃあな、悠。伊三次のところでいい子にしてるんだぞ。夜には帰ってくるから」

「……うん」

悠は不安げだった。母親を待ち続けて、ついに会うことなく離れ離れになった記憶があるからだろうか。剣がいそいそと出ていく姿を、じっと見つめていた。

剣は違う、必ず帰ってくる。理解はしているが、幼い心に刻まれた傷は、そう簡単に消えはしない。それでも、泣くのをこらえて剣を見送った。

そんな悠の姿を、伊三次はじっと見守る。

「いつまでここにいるつもり？」

診察室の開いた扉から、じっと剣を見送る伊三次と悠に、八重が声をかける。

「す、すまん……ほら悠、俺たちも行くか」

「……うん」

伊三次は悠の手を引いて、医院の玄関へと歩き出そうとした。

「あ、ちょっと待って。何か大きな荷物を忘れてるんだけど……？」

八重が荷物を入れる籠を指さした。そこには大きな包みが、どっしりと置かれている。鞄に入っているのではなく、今どき珍しい風呂敷包みだ。

「いけねぇ、忘れるところだった。昼飯だ」

「あの人が作ったの？」

荷物は、弁当箱が一つ二つどころではなさそうに見えた。

持ってみると、いったいどれだけ詰め込んだのかと思うほどの重量だ。

「おう。前にも言ったが、剣は料理人でな。悠を預かってもらうからって、弁当を作ってくれたんだ。これから事務所で皆一緒に、剣の料理に舌鼓を打つ予定ってわけ」

「へぇ……じゃあ、言わなかったらよかった。そしたらそのお弁当、丸々私の胃袋に収められたのに」

冗談めかして言うが、八重の目は獲物を狙うハンターのように光っていた。

「おいおい……勘弁してくれ」

「冗談よ。いっぱい食べて丈夫になりなさいね。悠ちゃん」

「うん」

八重は、満面の笑みで頷く悠の頭をもう一度撫(な)でた。剣や伊三次だけでなく、彼女もまた悠のことを気にかけている。

初めて診察に来たときの悲惨な様子から、徐々に丸みを帯びてきた顔、赤く染まる頬……ずっと悠を診てきた八重は、この笑顔に喜ばずにはいられなかった。

「そうだ。よかったらこの弁当、一緒に食うか?」

本日は土曜日。緒方小児科医院の診療は午前で終わり、午後からは休みとなっていた。完全に病院は閉めてしまう。

伊三次もそのことは把握していた。

「そうね。片付けして、まだおかずが残ってたらいただこうかしら」

「残しとくさ。じゃあ、終わったら連絡くれ」

そう言うと、伊三次は悠と手を繋いで診察室をあとにした。去っていく伊三次の背に、八重は軽く手を振っている。

(一人分きちんと残すように、銀と銅にも言っておかないとな)

伊三次はそんなことを考えていた。

❖

伊三次の探偵事務所は緒方小児科医院から徒歩五分ほどの場所にある。

繁華街から遠く、住宅や商店街が多いこの地域では、普通はそうそう依頼など舞い込むことはない。それでも伊三次たちが生活費を捻出できているのは、ひとえに腕がいいからだ。

人に危害を加えるようなものでない限り、依頼はできる限り引き受け、そして必ず完遂していた。知る人ぞ知る凄腕探偵として、徐々に口コミで広まっていったのだ。

とはいえ、今日は依頼が一つもない平和でのどかな日だ。

伊三次が悠を迎えに行っている間、銀と銅が事務所を大掃除し、悠が喜びそうなものを用意しておいてくれている。

管狐たちは働き者だし優秀なのだが、その分要求も多い。

最初は油揚げを欲し、やがてその味の良し悪しについてあれこれ言うようになった。剣の料理を食べるようになってからは、更に口うるさい。

しばらく歩いて、事務所に到着した悠と伊三次は、手を洗って早速お昼ご飯にすることにした。銀と銅が、テーブルの上に広げられた重箱を見て、感嘆の声を上げる。

「さすがは剣殿……！」

「花見から間を置かず、こうして剣殿のごちそうにありつけるとは……！」

一段目は三種の具材のおにぎりにいなり寿司、二段目は筑前煮に鮭の塩焼き、春雨サラダ、カボチャの煮つけ、三段目はミニハンバーグ、鶏のから揚げ、卵焼き、海老フライ、その他諸々……素材も味も様々な、ありとあらゆるものが重箱の中には詰まっていた。

剣はいつも謙遜しているが、伊三次たちからしたら、この重箱は宝箱のようなものだった。

「剣の奴、大人三人分だからってえらく張り切ったなぁ」

伊三次は感心しながら、どれに箸をつけようか料理を順番に見ていく。

悠は重箱の中身を見て驚いている。

剣はこれまで悠の胃腸の具合を考慮して、消化に負担がかかる揚げ物などの食べ物は避けていた。悠にとっては、唐揚げやフライは、未知の食べ物なのだ。

そして、揚げ物などが入っている三段目は食べてはいけないと、悠は剣に止められていた。

目を輝かせながら、四人は手を合わせる。

そして、一斉に――

「「「「いただきます！」」」」

言うが早いか、大人たちは箸を伸ばす。

双子は同じおかずを取ろうとして、視線をバチバチと合わせている。伊三次は双子が選ばないだろうおかずから、さらっと自身の取り皿に集めていく。

悠は……きょろきょろとするばかりで、まだ箸を伸ばそうとしていなかった。

「どうした？　好きなのから食べろよ」

伊三次が勧めるも、悠は迷っている様子でちらちらと三段目の中身を見ていた。

何かを口に出すことを迷っているようだ。

「もしかして……こっちのおかずも食べたいのか？」

悠はそう言われて、気まずそうな表情を浮かべてから、小さく頷いた。

こんなに小さいのに遠慮している……伊三次たちはいじらしくてたまらなかった。

「そうかそうか！　食え食え、いっぱい食え！」

伊三次はいそいそと取り皿に子どもが喜びそうなおかずを取り分けようとした。

しかし、そこでふと手を止める。

「あ、しまった。悠はまだ揚げ物とかの刺激物は食べないほうがいいんだっけか？」

「やはり、ちと腹に重いかもしれませぬな」

「そうは言っても、美味そうだし食べたいよなぁ」

伊三次と銅はうんうん唸っていたが、このままでは埒が明かない。

伊三次がスマートフォンを取り出して、剣を呼び出してみるが、すぐ留守電に繋がってしまった。

「人に会うって言ってたしな……」

「八重殿にお聞きしてみては？」

「う〜ん、今頃病院を閉める準備してるだろうからな、あいつ」

試しに八重の番号にかけてみたものの、やはり応答はない。

「困ったな。八重から連絡あるまで待つか？」

「広げてしまった今となっては、それは厳しいですな」

銅の視線は、重箱に釘付けになっている。銀も、伊三次を見てはいるが、ちらちらと視線が動いている。そんなとき、悠が重箱を指さした。

「これ……？」

そこには、剣お手製の卵焼きが詰まっている。

「ああ、これならいけるか」

卵を使った料理は悠もこれまで何度も食べていた。これなら大丈夫だろうと、伊三次は一番大きな卵焼きを悠の取り皿に取ってやった。

ふんわり黄色く、ほんのりと出汁(だし)の香りがする卵焼きを、悠はしばらくしげしげと見ていた。

「剣が作ると、やっぱり形もいいよな。ほれ、きっと美味いぜ」

悠は渡された短い箸(はし)でぐっと卵焼きを二つに割った。柔らかい卵焼きが、二つに割れていく。割れた小さな一かけらをじっと見つめ、悠は口に含んだ。

「！」

　悠の頬が一気に紅潮した。目を見開き、驚くほどのスピードで卵焼きを咀嚼する。

「おお、美味いか？」

　伊三次が尋ねると、悠はもぐもぐ口を動かしながら、大きく何度も頷いた。そして、そのまま次の一かけらを割ろうと再び箸に力を込めた。

「そうかそうか。よかった……よしよし、もっと食え。たんと食え！」

　伊三次は、重箱の中の卵焼きを次々悠の皿に移していった。

　銀と銅が止めても、その手は止まらない。悠も休まず卵焼きを口に運び続ける。

　重箱の中の卵焼きは、あっという間になくなってしまった。悠一人で見事に平らげてしまったのだ。

「ぜ、全部食べてしまいましたよ……」

「童よ、腹は大丈夫か？　痛うないか？」

　呆れつつ、心配することも忘れない管狐たちに、悠は大きく頷いた。その瞳には、まだまだ光が宿っている。もっと食べたいのだろう。

「主様、さすがにこの小さな体で食べすぎでは？　他のものもまだ食べてはおりませぬし……」

「やっぱり、そうだよなぁ……あとで腹が痛くならんかな」

「痛くなる前に八重殿をお呼びしたほうが……」

伊三次と銅がコソコソ話していると、急激に悠の表情が曇り出した。曇ったかと思うと、その顔には涙が伝っている。

「ど、どうした⁉ やっぱり腹が痛いか⁉」

慌てる伊三次の問いに、悠はしっかりと首を横に振った。

言葉は発せず、ただ皿を持ってさめざめと泣いている。時折、重箱の中をちらちら見ながら、静かに涙を流し続けていた。

「主様、もしや……卵焼きがなくなってしまったことを悲しんでおるのでは?」

「……え?」

銅の言葉に、伊三次は眉をひそめた。

皿と悠を交互に見たあと、改めて悠に視線を送ると……悠は泣きながら頷いた。その視線は、卵焼きがあった重箱のスペースに注がれていた。どうも正解らしい。

「悠……そんなに卵焼きが食べたいのか……」

「無理もありません。剣殿の卵焼きなのですから」

「ははは……そうか」

銀の言葉に笑う伊三次。お腹を壊していたら剣になんと言おうと内心ヒヤヒヤしていた伊三次は、一気に脱力した。

「しかし、どうしたものでしょう？　卵焼きはかけらも残っておりません」

「そうだよなぁ」

銀と伊三次は、揃ってうんうん唸り出した。そこで銅が何やら不敵な笑みを浮かべる。

「ないならば……作るほかありませんな」

「……作る？」

眉間に皺を寄せる伊三次と銀に、銅は大きく、胸を張って答えた。これ以上の名案はないと言わんばかりの顔で。

「左様、我々で作るのです！　この童が満足いくまで、もしくは腹がはちきれるまで！」

「銅！　はちきれさせる気か⁉」

「否、これはただの比喩であろう……いちいち突っかかってくるでない！」

「あ～……ちょっといいか、おまえら」

いつもの調子で小競り合いに発展しそうな双子を止めて、伊三次は指さした。指した先は、事務所についているミニキッチン。コンロ一口に流しがあるだけの小さなキッチンだ。

「ここで、どうやってあのきれいな卵焼きを作るってんだ？」

普段は自炊よりも外食が主な伊三次たちの事務所には、電子レンジが一台あるくらいで、鍋やフライパンはない。まして、卵焼き器なんてあるはずもなかった。

伊三次と銀が黙り込む中、銅はめげなかった。

「こういうときは、援軍要請であろう。誰かに家にあるものを持ってきてもらうのです」

「援軍って……誰を……」

伊三次が呆れていたそのとき、スマートフォンが鳴った。伊三次は近しい人物の着信音を個別に設定している。この音は……

伊三次、銀、銅、三人が同時に顔を見合わせ、ニヤリと笑みを浮かべた。

「もしもし、ちょうどいいところに……おまえ、卵焼き器持ってないか、八重？」

伊三次に悠を預け、剣は一人歩いていた。

緒方小児科医院から二十分ほど歩くと、駅が見えてくる。そこから駅の反対側に渡って更に徒歩十分。住宅街の一角に、その店はある。

白い壁に大きな木製のドアと大きな窓。明るい色のストライプのオーニングが、店の印象を優しくしている。ドアにかかった北欧風のデザインの看板には、店名が記されている。

『洋食ニコイチ亭』と。

剣がこの店に来るのは久々だった。窓から覗き込むと、店内には人が多くいた。時間は正午を少し過ぎたばかり。洋食店にとってはかきいれ時だろう。

ドアの前には黒板の立て看板が置かれている。ランチメニューはオムライスのみのようだが、セットの付け合わせが選べるようだ。コンソメスープかポタージュか、どちらもおかわり自由と書いてある。

剣が会う約束をしている人物が忙しく動き回っているのが、店の外からでもわかる。繁盛しているようだ。

(もう少しあとにするか)

今訪問しても邪魔になる。そう思って剣は踵を返した。

そのとき、背後で大きなドアが開く音がした。そして同時に、声が聞こえる。

「剣さん！」

声の主は、よく見知った女性だった。花見のときに会った、彼女だ。

あのときは下ろしていたセミロングの髪を、今日はまとめて結い上げている。普段はカットソーにカーディガン、スカートとシンプルな格好だが、仕事のときは白いコックコートで、バシッと決めている。つい先ほどまでアクティブに厨房を駆け回っていたことがうかがえた。

「どうも。早く来すぎたみたいで……お忙しいときに来てしまって、すみません」

そう言って歩き去ろうとした剣の腕を、女性は見た目よりもずっと強い力でしっかり掴んだ。

「え」

「そう、今とっても忙しいの」

戸惑う剣に、女性はニッコリ微笑んだ。その顔には、微かに疲労が滲んでいる。まずい、と剣は本能的に思った。

「あの……なので出直しま……」

「手伝ってくれるよね、剣さん？」

そうして、剣が何か答える前に、店に引っ張り込まれてしまったのだった。

怒濤の如きランチタイムは、それから一時間ほど続いた。店主である女性は剣が来てからは厨房に入り、ホールは剣に任せた。料理を作ることは大得意だが、客あしらいは未だに得意ではない剣が右往左往したことは、言うまでもない。

最後の客を見送って、ランチの立て看板を店内に入れ、プレートを『準備中』にかけ替えたら、ようやく一息つけた。剣が息を一気に吐き出すと、その前にコーヒーカップが置かれる。

「ご苦労様。本当に助かったよ。ありがとうね、剣さん」

「いえ、まぁこれくらいは……」

そう言いつつも、カップを掴む手は重かった。

「すごい盛況ぶりですね。オープニングの日を思い出しましたよ」

「うん、ありがたいことにね」

女性は屈託なく笑いながら、テーブルを拭いて回っていた。手伝おうとする剣を止めて、女性は一人で店内を動き回る。

「あのときは剣さんとお母さん、二人揃って来てくれたっけ。おかげでお母さんの店の常連さんまで来てくれるようになったから、本当にありがたかった。まだ、お母さんがお店を開いていたときだよね？」

女性は、昔を懐かしむように天井を見た。その顔はあの人……剣の主とそっくりだった。

この女性は、剣の主の娘……宮代茜だ。穏やかな母親の面差しと、父親の洋食作りの腕を受け継いでいる。

「そういえば、あの人は接客も上手かったなぁ。料理も上手いのに、コロコロ笑いながらお客さん全員を上機嫌にさせちゃうんだから、大したもんですよ」

「うん、本当にすごいよね。お母さんは……」

「あなたもすごいですよ。俺が来るまで、一人で厨房も接客もしていたじゃないですか」

「お客さんに謝って待ってもらってたからできたの。あのままだと、すぐにパンクしてたよ」

そう言う茜の顔に、剣は昔見た眩い笑顔を重ねた。その人は穏やかな笑みでこう言っていた。

『ダメになる前に人に頼れるのも立派な才能よ。私、その才能だけはピカイチだと思うわ』

「あなたは、お母さんによく似ていますね」

「本当？　え、そうかな？」

茜は急に照れたようにもじもじし始めた。そんな顔にも、剣の主の面影がある。

「ええ、本当に……よく似ています」

「あ、アハハ、ありがとうね！　あ、そうだ。ちょっと待ってて。今まかない作るから！　話はお昼食べてからにしよう！」

「じゃあ手伝います」

剣がそう言うと、またしても止められてしまった。

「いいのいいの！　お客さんなんだから。もう十分お手伝いしてもらっちゃったし、座ってて」

「うーん……ちなみに、まかないはなんですか？」

「オムライスだよ。ランチの残りで悪いけど」

「いいえ。あなたのオムライスは絶品だから……そういうことなら、俺は余計な手出しはしないことにします」

剣の言葉に茜は得意げに笑い返し、厨房に入っていった。

料理をする音が厨房から聞こえてくる。油をひき、フライパンに卵を流し込み、形を整える。それを、船の形に整えておいたチキンライスの上にぽんと載せ、切れ目を入れる。すると、とろっとした卵が真っ赤なチキンライスをヴェールのように覆い隠していく。

この黄色いヴェールと一緒にチキンライスを頬張(ほおば)るのが、剣は楽しみだった。漂ってくる香りを嗅(か)ぐと、以前に食べたときの美味しい記憶が蘇(よみがえ)るのだった。

「ああ、このオムライスを久々に食べられるのか……悠にも食べさせてやりたいなぁ」

剣の口から、自然とそんな言葉が出た。厨房(ちゅうぼう)にいた茜はその言葉を聞き逃さず、目を輝かせた。

「一緒に食べにきてよ。私も悠ちゃんに会いたい！　この前は急いでたからあまりお話しできなかったし」

「そう、ですね……今度、ぜひ」

剣の遠慮(えんりょ)がちな笑みを吹き飛ばすほどに、茜は力強く頷いた。

「それにしても、オムライスを食べても大丈夫なくらい元気になったんだね。最初はうちのメニューはちょっと重くて食べられないかなと思ってたんだけど。剣さんのおかげで、めざましい快復だね」

「そんなことは……」

「謙遜(けんそん)しない。伊三次さんからも少し聞いたの。剣さんと会わなかったら、どうなってたかわからない状態だったんでしょ？」

「……そう、ですね」

思わず、剣の拳に力がこもった。きっと剣の家の前に倒れていたことは、悠にとって幸運だっただろう。他の誰かが助けたかもしれないなんて楽観することは、剣にはとてもできなかった。

もしあのとき、自分が買い物をして回り道をしていたら？　電車が一本遅れていたら？　自分が見つけていなかったら？　そんなことを考えただけで、背筋が凍る。

考え事をする剣の目の前に、茜は湯気が上るオムライスを差し出した。

「そんな顔しない。今はとっても楽しく暮らしているんでしょ？」

「ええ、まぁ……はい」

悠の毎日は忙しい。

お手伝いや、探検、色々なことに驚いて興味を持って……いつも目をキラキラ輝かせている。その輝きは、宝石のようであり、暗闇に灯(とも)った明かりのようであり、見つめていると胸が温かくなるのだった。

「今日の話っていうのは、その悠ちゃんのことかな？」

「はい。悠について大事なご相談があって来ました」

剣のまっすぐな視線を受けて、茜はしっかりと頷いた。

「うん、わかった。じゃあ、まずは腹ごしらえをしよう」

「はい……いただきます」

❖

援軍要請の電話より十分後、伊三次たちの事務所のミニキッチンに、普段は見ないものがずらりと並んでいる。卵焼き器、ボウル、泡立て器、ザル、菜箸、塩、砂糖、胡椒、醤油、みりん等々……一般的な調理道具と調味料一式だ。

普通の家庭ならば当たり前にあるが、この事務所にはとんと縁のないものばかりだ。

「いや〜助かった。持つべきものは近所に住む友人だな」

そう言って、伊三次は大げさなほどに両手を合わせて、八重を拝んだ。そんな伊三次を、八重はじろりと睨む。

「あのね、これはいったい何事？　お弁当を食べているのかと思ったら、いきなり卵焼きを作るって……どうせ調味料も何もないだろうと思ったから、結局色々持ってきちゃったじゃない。ちなみにだけど、卵は？」

「卵？　……あ」

この事務所の冷蔵庫には、飲み物と冷蔵保存のお菓子くらいしか入っていない。よって、卵なんてものは、ない。

伊三次たちの表情を見てそれを察した八重は、頭を抱えてため息をついた。

「……そんなことだろうと思って、持ってきました」

八重は持っていた袋から、六個入りの卵パックを取り出した。それを見た銀と銅までもが平身低頭して拝み始める。

「八重殿、ありがたい限りで……！」

「や、やめてよ……いいからさっさと作っちゃいましょ」

八重はそう言い、手早くエプロンを身につけた。

「それで、卵焼きってどんな味がいいの？」

八重が伊三次たちに尋ねる。だが、その問いに対する答えはなかった。今日重箱に入っていた卵焼きを食べたのは、悠一人だけだったのだ。

「悠、さっきの卵焼きはどんな味だった？」

「どんな？」

悠は困ったように眉を寄せる。

「ああ、すまん。そう言われても困るよな。え〜と、じゃあ……甘かったか？」

「あまい……？」

伊三次に具体的な味を言われ、悠はほんの少し眉間の皺を緩めた。しばらく考え……

「うん。あまい」

そう、宣言した。伊三次たちは揃ってグッと拳を握りしめた。

「そうか！　甘いやつか。なら砂糖だな」

「いやしかし、どのくらいの甘さだったのか、わかりません」

「まどろっこしいのう。色々作って試してみればよかろう」

「……なんでもいいけど、作るのは私なのよね？」

作り手である八重を放って、勝手に盛り上がる三人に、呆れた視線を向けつつ、八重はいつでも取りかかれるように準備を整えた。

「じゃあ、まずは甘めの卵焼きから作りましょうか」

そう言うと、八重はボウルを手元に置き、その中に卵を割り入れた。

ボウルの中の黄身は、月のように静かに浮かんでいた。それが菜箸(さいばし)で崩され、ボウルの中身全体がゆっくり黄色く染まっていく。白身と黄身がほどよく混ざり合うと、八重は菜箸(さいばし)から小さな泡立て器に持ち替えた。

「どうするんだ？」

「このほうがよく混ざって美味しいのよ」

「そういうもんなのか」

黄色い黄身と透明な白身が更に滑(なめ)らかに溶け合うと、八重はそこに調味料を加えていく。甘い卵焼きになるように砂糖を、それとほんの少しの塩を入れた。

これには伊三次も双子たちも驚いた。

「八重殿、塩まで入れるのですか？」

「ええ、ほんのちょっと入れることで甘さが引き立つって聞いたから」

驚く銀に八重が答える。

「ああ、スイカに塩を振るともっと甘くなるのと同じ原理か」

「たぶんね」

伊三次と話しつつも、八重は手を止めない。コンロに卵焼き器をかけて温め、油を引く。

「さあ、焼いていくわよ」

八重は先ほどからそわそわしている悠を見た。悠はその言葉を聞いて、目を輝かせる。

「あ、そうだ。八重、焼いてるところ見ててもいいか？」

「いいけど」

伊三次は手頃な椅子(いす)を八重の隣(となり)に置き、そこに悠を立たせた。

卵焼き器から上る微かな熱気に、悠は顔をしかめつつ、それでも中を見ようとする。

「いつも剣の料理してるところを見てるんだ。どうやってこの黄色い液体が、あの卵焼きになるのか、知りたいだろうと思ってな」

「そうなの。じゃあ悠ちゃん、見ていてね」

悠は大きく頷いて、卵焼き器をじっと見つめた。

その様を微笑ましく思ってから、八重は熱くなった卵焼き器の中にボウルの卵を流し入れた。ジュワッと大きな音を立てて、卵が熱されていく。

黄色い卵がとろりと四角い卵焼き器の隅々まで行き渡る。時々ぽこっと大きな気泡ができ、徐々に色が変わって、固まっているのがわかる。八重はある程度固まると、器用に卵を手前にくるくる巻いていった。銀杏色の鮮やかな反物のようだ。

色が美しい……しかし、悠は少し不服そうだ。

「……ちいさい」

「うん、まだ小さいの。だから……」

八重は巻いた卵焼きを卵焼き器の奥に押しやると、再びボウルを手にし、卵を勢いよく流し入れた。

「！」

再び薄い膜が広がる。先ほどと同じように卵焼き器の隅々まで、巻いた卵焼きの下にまで行き渡らせ、固まり始めると、まとめてくるくると手前に巻く。

そして、もう一度卵を流し入れ、くるくると更に巻く。

最後には、四角い卵焼き器の高さを超えるほどになっていた。表面は少し茶色く焦げ目がついているものの、ふっくらと焼き上がっている。

「おおきい！」

「本当だ、大きいな。こんなになるのか」

「さあ、できた。温かいうちに切り分けちゃいましょう」

驚く悠と伊三次に微笑んで、八重が言う。

まな板はなかったので、平らな皿を取り出し、その上で五等分する。

切り分けると、湯気が立ち上り、ほんのり甘い香りが漂った。

キッチン横の机に置いた皿を五人で囲みながら、最初の一口は誰にするか……視線を交わす。皆の視線が集中し、全員一致で決まった。

「さあ、悠ちゃん食べてみて」

八重の言葉に頷くと、悠は自分用の小さな箸で卵焼きを掴んだ。

剣の教育の賜物か、卵焼き程度の大きさならしっかりと掴める。口につけると、悠が思っていたより熱くて、火傷してしまいそうだった。

「あちゅいっ！」

「大丈夫？　熱かったらフーフーってしてね」

八重が言ったことは、剣にも日頃から言われていることだが、悠は美味しそうなものを前にしたら、いつも忘れてしまうのだ。一度口から離して息を吹きかける。熱い湯気が少し収まったら、今度こそ大きな口を開けて、卵焼きにかじりついた。

「おいしい！」

悠はそう言うなり、熱かったことも忘れたのか、すべて口に放り込んだ。

「よかった……！」

八重が安心したように言う。

「じゃ、俺らもいただくか」

伊三次の言葉で、八重、銀、銅が箸(はし)を伸ばす。まだ湯気が上る卵焼きはアツアツで、大人でも口に入れることを一瞬躊躇(ちゅうちょ)するほどだ。だが、その熱さを我慢してでも口に入れたい欲求が勝った。四人はパクッと卵焼きを口の中に放り込む。

「うん、美味い！」

「卵焼きはやはり甘いのに限るのう」

「甘いですが、菓子のような甘さではないですね」

「うん、上手くいってよかった。たまに失敗しちゃうから」

苦笑いする八重だったが、それが謙遜(けんそん)に思えるほど、彼女の作る卵焼きは美味しかった。

「ともかく悠、よかったな。剣が作ったのと同じ、甘い卵焼きがもう一個食べられたな」

「……？」

悠は伊三次の言葉にきょとんとする。

「これ……美味しいよな？」

「うん」

「さっき食べた、剣の卵焼きと同じような味……だろ？」

「ううん」

悠は、迷いのない瞳で、首を横に振った。

「美味しいのは美味しいけど、剣の味とは違う……ってか？」

「これは……どうしたものですかのう？」

伊三次たちは、おそるおそる八重を振り返った。実際に作れるのは、この場では八重しかいないのだ。八重は、三人分の視線を受け、深いため息をつく。

「分かったわよ、作るわよ。もう一回ね」

かくして、八重は再び卵焼きを作ることとなった。開いたままの卵パックが、早く次をと急かしているようだ。だが八重は、なかなか次の卵を手に取ろうとしない。

「甘いか……どんな甘さなのかしら？」

「どんな、か……難しいな」

伊三次が考え込む。

悠はまだ、言葉がそれほど出てこない。細かな味の違いを伝えるのは難しいだろう。伊三次は、どうやって悠の感覚を八重に伝えられるか考えていた。

「そうだな……悠、今の卵焼きと剣の卵焼き、どっちのほうが甘かった？」

悠は質問の意味が理解できたらしく、そろりと八重の卵焼きが載っていた皿を指さした。

「そう……ちょっと甘すぎたのかしら」

「剣のと比べてってことだろ。美味かったって言ってるし」

「う～ん……じゃあもう少し甘さを控える方向で……」

八重は、持ってきた調味料を見回して、小さく頷くと、卵に手を伸ばした。

先ほどと同じく、流れるような動作で三個ボウルに割り入れ、混ぜ合わせていく。ある程度混ぜたところで、八重は砂糖ではない別の調味料を手にした。

「砂糖じゃなくて……みりん？」

「そう。控えめに甘みが出るのよ」

計量スプーンでさっと一杯量り、ボウルに入れる。

黄身と白身が混ざり合っていくにつれ、ほんのりと甘い香りが漂ってきた。その香りを、悠は鼻をすんすんさせて嗅ぎ、口角を上げる。

「いい香りでしょ？」

そう悠に笑いかけながら、八重は卵焼き器を温める。

油を引き、ボウルの中身を流し入れた。音を立てて卵が固まっていく。

八重は焦げつかないように、手早く慣れた手つきで卵を巻いていった。やがて卵は先ほどよりもっと鮮やかな黄金色に焼き上がった。

「きれい……」

悠が、ほぅとため息を漏らしながら呟く。

「確かにきれいだな。金の延べ棒みたいだぞ」

「や、やめてよ……」

八重にしてみれば、卵焼き一つでそんなに持ち上げられると居心地が悪い。だが料理をしない三人と、色々なことが初めての悠からしてみれば、まるで魔法のようだった。

「もういいから、ほら食べましょう」

八重は、四人の視線から逃れるように、手早く五等分に卵焼きを切る。

待ちきれず湯気が上る卵焼きを悠が口の中に放り込んだ。はふはふと熱そうに、だが嬉しそうに、食べている。

「熱いから気を付けてね」

八重がそう言ったのも束の間、その横で双子たちが揃って叫んだ。

「熱い！　いや、しかし美味い！」

「熱いけど、美味しいですね！」

いい年をした大人たちは放っておいて、八重は悠に意見を聞いた。

「どう、悠ちゃん？　美味しい？」

「おいしい！」

「ああ、美味いな。なんていうか……上品な甘さだな。主張しすぎないのに、ちゃんと甘いっていうか」

伊三次も卵焼きを口に入れ、八重に感想を伝える。

「ええ。この深い甘みが私も好きなの。砂糖は砂糖で好きなんだけどね」

伊三次が頷きながら最後の一口をぱくりといったところで、双子が声を上げた。

「いやいや、我は砂糖のほうがよかったですぞ」

「私もあの甘みのほうが、好きでした」

「なるほど……やっぱり好みは色々なのね」

八重は呟くと、再び悠のほうに視線を向けた。悠はどっちが甘いかなど考えていない様子で、卵焼きを頬張っている。八重の顔に笑みが浮かんだ。

「悠ちゃん、美味しいなら私の分もあげる」

「！」

悠は嬉しそうに目を見開いたが、すぐに俯いた。

そして、チラチラと伊三次に視線を送る。普段なら剣を見るが、今は伊三次がその代理ということだろう。伊三次も悠の言わんとすることを理解しているようだ。

伊三次がニッコリ笑って、悠の頭に手をぽんと置いて言った。

「八重がこう言ってるんだ。もらってもいいんだよ。ただし、ちゃんと『ありがとう』を言ってからな」

すると、悠は笑顔になった。

「ありがと」

ちょっと照れくさそうに、もじもじしながらゆっくりと伝えた。

「どういたしまして」

その言葉を受けた八重も、なんだか照れくさくなったのだった。

「さて、悠。今のはどうだ？　剣の卵焼きと同じだったか？」

「……ううん」

わずかに考え、悠は首を横に振った。

「そうかぁ……また違ったか……」

「和食の料理人さんだから、もしかしてと思ったんだけど……やっぱり違うね。卵焼き一つとってもかなりこだわりがあるのかしら」

伊三次たちの誰かが一口でも口にしていれば解決しただろうが、如何せん悠の食いっぷりが見事すぎた。もう一度、なんとかして食べさせてやりたい。

「仕方ない、もう一つチャレンジしましょうか」

「そうだな。頼めるか……って、あれ⁉」

八重が言葉を発したあと、伊三次の素っ頓狂な声が響いた。それに続いて、銅まで騒ぎ出す。

「た、卵がもうないではありませぬか！」

「ああ……そうね」

八重が持ってきた卵は六個入りのパック。卵三個の卵焼きを二度作ったので、残りはゼロだ。

「い、いったいどうすれば……？」

大げさに青ざめて指示を仰ぐ銅に、伊三次は振り返って事もなげに言い放った。

「じゃあ、おまえら買いに行ってくれ」

「何ゆえ我らが⁉」

「どうして、私たちが⁉」

銅と銀が同時に訴えると、悠が遠慮がちに伊三次の服の裾を引っ張った。

「どうした悠？」

「……いきたい」

驚くほど小さな声だ。慣れた相手とはいえ、剣と同じようにはいかないのだ。そんな悠の前に八重がしゃがみ込み、口元に耳を寄せる。

「なぁに？　どこ行くの？」

「……たまご……かう」

「あぁ、お買い物に行きたいのね。自分から言えるなんて、偉いわね」

そう言って八重が頭を撫でると、悠はくすぐったそうにはにかんだ。

「……よし、今から全員で買い物に行くぞ！　悠様の思し召しである！」

「「はは！」」

急にかしこまった物言いになった伊三次たちを、八重が呆れて見つめる。だが悠は何故か嬉しそうだったので、そのまま卵を買いに行くことに決定したのだった。

伊三次たちの暮らす地域は住宅街であるため、近所に店は多い。

昔ながらの商店街もあれば、大手スーパーもある。剣は昔からの付き合いを大事にして、主に商店街で買い物をするが、伊三次たちは一度に済ませたいがためにスーパーを利用することがほとんどだ。しかし、スーパーに行くと、予定していなかったものまで、あれこれ買ってしまうのが難点である。

「いいかおまえら。お菓子も買っていいけど、一人五百円までだからな」

大人が四人も連れ立って、幼児の前で、そんな小学生相手のようなことを伊三次が言う。

「ご、ごひゃくえんも……⁉」

一名だけ純粋な気持ちでその言葉に感動している者がいた。毎日、剣からお金の大切さをしっかり教わっている悠だ。

「おまえら……悠を見習え」

「そもそも私(わたくし)たちの給料が少ないことが問題かと」

「過重労働ですぞ。ひと月の労働時間を計算してみせましょうか」

伊三次が言うと、双子は睨みながらクレームをつけた。

「何、伊三次。そんなにこき使ってるの？　お菓子くらい許してあげなさいよ」

思わぬ反撃と八重の援護射撃を受けてしまい、伊三次は返す言葉を失う。

これ以上何か言えば倍以上になって返ってくるとわかっていたので、聞かぬ振りをして歩くことにしたのだが、二人の猛攻はやまない。

「だいたいお菓子を制限することがおかしいでしょう？」

「そうじゃそうじゃ。もっと腹を満たすものを食わせてほしいですぞ」

「油揚げの素焼きにはもう辟易しました」

「肉が食いたいですのぅ、肉が」

「ああもう、うるさいぞ！　目的を見失ってんじゃねえ！　卵だろうが！」

「お菓子のことを最初に言ったのは主様です」

そんな見慣れた言い合いよりも、悠は周りの風景が気になるようだった。

これまで剣の家と商店街の往復くらいしかしたことがなかった。伊三次たちの住む地域を歩き回るのは初めてだ。

家も、道路も、通り過ぎる人も、どれも目新しい。伊三次たちにとっては見慣れたものなのだろうが、悠は歩いているだけで冒険なのだ。

伊三次たちのあとについて歩きつつ、悠の視線はあちこちに向いていた。

「ほぁ……さくら……！」

お花見のときに訪れた公園ほどではないが、道路の脇には桜が植わっている。

時折ちらほらと花びらが舞う様はきれいだった。ひらりひらりと舞う花びらに目を奪われ、いつの間にか悠の足は止まっていた。するとその視線の先を、急に真っ白な影が横切った。長い尾を揺らす姿は、間違いなく白い猫だった。

「ねこちゃん……？」

白猫は我が物顔で悠々と車道を横切っていく。どうやら、車が迫っていることに気付いていないようだ。

「！」

悠は咄嗟に走り出した。白猫を助けないといけない。それしか、考えていなかった。

だが不思議なことに、白猫は突然消えてしまった。驚く間もなく聞こえたのは、クラクションの音。悠に車が迫っていた。怖い——その感情だけが悠の頭の中を塗り潰していく。息が詰まり、目を瞑る。

次の瞬間、悠の体を包んだのは激しい衝撃と痛み……ではなく、ふわりとした浮遊感だった。気が付くと、さっきまでとまったく違う風景だ。車はなく、薄暗い。一瞬でどこかの建物の陰につれてこられたようだ。目をぱちくりさせながら、悠は何度も周囲を見回した。

すると、悠を助けてここに連れてきたらしい者が側にいた。

「いぬ、さん……?」

黒い大きな犬だった。大きな黒犬が、悠を睨むように佇んでいる。奇妙なのは、その背に小さな生き物を紐でくくりつけていることだ。小さな生き物はふよふよと動いている。更に黒犬は、ビニール袋をくわえている。

悠が茫然として見つめていると、黒犬が袋を地面に置いた。

「気を付けろ、チビ」

「⁉」

今近くには、この黒犬しかいない。他に人がいるのだろうかと再び悠はキョロキョロするが、やはり誰もいない。困惑していると、目の前の黒犬がのそっと動いた。

「俺以外、誰がいる」

そんな言葉とともに、黒い犬の輪郭がふわりと崩れる。そして、黒い髪で鋭い瞳の大人の男性に姿が変わっていた。銀や銅のような人が他にもいたのかと、悠は驚いた。ぽかんとしている悠を、現実に引き戻すように男性は言葉を続ける。

「おいチビ。危ないだろ。いきなり道路に飛び出す奴があるか。車ってのはな、速いし硬いし、すぐには止まれないんだぞ」

その言葉に、悠はぶんぶん頷いた。

悠が十分反省していると伝わったのか、男性はそれ以上は何も言わなかった。ぽんと頭に手を置いて終わり。一件落着に思われたが、突然別の声が聞こえた。

「ふぎゃあぁぁぁぁぁ！」

今度は、男性の声ではない。今までの会話とは比べものにならない、大音量の叫び声だった。それは、男性におぶわれている赤ん坊の声だった。

「おお、どうした？　びっくりしたか？　悪かったから泣くな。な？」

悠に向けられた男性の声音は厳しいものだったが、一転して優しい和やかな声になった。

男性は、必死に背中の赤ん坊をあやしている。

その様子を見て、悠もなんだか悲しくなった。

「……赤ちゃん、びっくりした？　悠のせい？」

そう、自分で口にすると色々な感情が一気に溢れ出す。赤ん坊に対して申し訳なく思う気持ちや、急に空中に浮いた驚きや不安感、目の前に車が迫った恐怖。

それらがぐちゃぐちゃに混ざり合って、洪水となって——

「う……うわあぁぁぁぁぁぁぁん！」

気付けば悠は、赤ん坊よりも、もっと大きな声で泣き喚いていた。

「な、なんでおまえまで泣くんだよ⁉」

目の前の男性はオロオロし始めた。背中の赤ん坊と悠、二人を交互にあやそうとするが、どちらも泣き止む気配はない。

困った男性は、しばし考えた末に、地面に置いていた袋をずいっと差し出した。

「こ、これやる！」

悠がおずおずと袋を受け取る。中を覗くと、透明なパックがいくつか入っていた。

「お団子だ！」

その中身は、以前悠が食べたことのあるみたらし団子だった。甘辛いとろっとしたみたらしに、ほっぺたが落ちそうになったのを覚えている。剣も好きだと言っていた。

「やるから、とりあえずおまえは泣きやめ」

おそるおそる発せられた男性の言葉に、悠はぶんぶん頷いた。頬を真っ赤に染めて悠が喜んでいる様を見て、男性はようやくホッとしたようだ。

悠は赤ん坊のほうに回り込み、その顔を見た。小さな体をめいっぱい使って、泣いている。先ほどの自分と同じで、色々な気持ちが溢れ出して困惑しているのだと、悠にはわかった。だから、悠は赤ん坊の小さな手をそっと握った。

「悠のせいで、ごめんね」

そう言うと、泣き声はぴたりとやんだ。赤ん坊はきょとんとし、次の瞬間ニッコリ笑う。

二人が仲直りした、というような光景だった。

するとそのとき、必死に悠を呼ぶ伊三次たちの声が聞こえた。

「悠！　どこだ！」

「主様、こちらです！」

「悠ちゃん⁉」

悠が声のするほうを見ると、さっきまでいた道路がある。伊三次たちが悠の姿を見つけて駆け寄ってくる。中でも八重は必死の形相で駆けてきて、悠を抱きしめた。

「悠ちゃん、大丈夫⁉　怪我はない？　ごめんね、私たちが目を離したせいで……」

「けが……してない」

「本当に？　でもさっき、すごい泣き声が聞こえたけど？」

八重は心配そうに悠の体に怪我がないか確認している。

「……そのチビは無事だ」

ぽつりと呟いた声を聞いて、全員の視線が男性に集中した。八重は疑いの視線を向けたが、伊三次たちは驚いている。

「……金剛？　おまえが悠を助けてくれたのか？」

男性……金剛はふてくされたような面持ちで、伊三次と双子たちをじっと見ている。

「ちゃんと面倒を見ろ」

それだけ言い放って、金剛はおんぶ紐を締め直した。もう用はないと、そのままさっさと歩き去ろうとする金剛の袖を、悠は思わず引っ張った。

「ありがと！」

悠が満面の笑みで言う。金剛は何度か目を瞬かせたあと、はたと何かに思い至ったようだ。

「そうか。おまえが剣の子の悠か」

「……けんのこ？」

「……仲のいい親子だって聞いてる。じゃあな。もう飛び出すなよ」

くしゃくしゃと悠の頭を撫で回して、金剛は今度こそ去っていった。

その後ろ姿を、皆それぞれにぽかんと見つめる。

「なんだったの、あの人……悠ちゃんの恩人てこと？」

「まぁ、そうなのかな……」

真偽のほどはどうなのかと、伊三次は悠に視線を向けた。すると悠は興奮気味に頷いた。

「くるまがきて、びゅーんてつれてってくれた！　はるがないたから、これくれた！」

そう言って、悠はお団子が入った袋を見せた。だが、状況を理解するどころか、伊三次たちの疑問は更に深まるばかりであった。

「助けてくれて、その上団子までくれたのか？」

「えーと……？」

言った悠本人も混乱している。困った様子の悠の顔を、八重が覗き込む。

「よくわからないけど、あの人が助けてくれたってことよね？」

八重が尋ねると、悠は思い切り頷いた。

「そう……じゃあ、いいんじゃない？　悪い人ではなさそう」

「まぁ、そうだな。悪い奴ではないよ」

「伊三次は知り合いなの？」

「ああ。前よく行ってた洋食屋の店員だ。無愛想な奴だよ」

八重は苦笑いしているが、伊三次の言葉をそのまま受け取ることにしたようだ。そして、悠が口を広げている袋の中身を見る。

「美味しそうなお団子ね」

「うん！　これ、おいしい！」

「お、みたらしだ。この店の団子は美味いんだよなぁ」

伊三次にそう言われ、悠はまた何度も頷いた。

「うん。けんもおいしいって言ってた」

「だよな。甘辛いの塩梅が絶妙なんだよな」

「？」

伊三次の言ったことの意味がわからず、悠はきょとんとしている。一方で八重は、その言葉で何やら閃いたようだ。

「そうか……『甘辛い』なのかもしれない」

「え？」

「卵焼きよ。ただ甘いんじゃなくて『甘辛い』なのかもしれないと思って」

「なるほど、その可能性はあるな」

それならば、甘いだけを意識した味付けでは少し違うと感じるのもわかる。

「だとしたら、買うのはあれとあれとか……」

八重は呟きながら立ち上がると、悠に向けて手を差し出す。

「じゃあ、お買い物を再開しましょうか。今度はしっかり手を繋いでいきましょう」

「うん！」

悠が大きく返事をして、八重の手を握り返すと、五人は目と鼻の先にあるスーパーへ向けて、歩き始めた。

八重の中で買うものは定まったようなので、あとは楽しく買い物をするだけだ。

昼時を過ぎた洋食ニコイチ亭は静かだった。ランチタイムは賑わっていたが、『準備中』のプレートを出してしまえば、客がいない穏やかな時間がやってくる。
普段ならこの間に昼食をとって一息ついてから、夜の仕込みを始める。この時間はゆったり過ごすと、茜は決めているのだ。

しかし、今日は少し違う。剣という訪問客がおり、彼の話に茜はじっくりと耳を傾けていた。食後のコーヒーを飲んでいたが、茜はいつの間にか、カップに口をつけることを忘れていた。にこやかだった表情も、神妙なものに変わっていく。

そうなることはわかっていたが、剣は気を揉ませて申し訳ない気持ちと、聞き入れてもらえるかという不安が、ない交ぜになっていた。

ひと通り話を聞いてから、ずっと俯いて考え込んでいた茜が、顔を上げ、まっすぐに剣の瞳を見つめる。

「うん、わかった。私にできることは、なんでもするよ」

「ありがとうございます……！」

剣がテーブルに頭を擦りつける勢いでお辞儀をすると、茜はクスクス笑いながら、カップに口をつけた。剣もコーヒーを口に含んだが、すでにぬるくなっていた。

「大変だったんだね。悠ちゃんも剣さんも」

「俺なんて、そんな……毎日料理を作る以外、何もできていません」

「剣さんのご飯を毎日三食食べるって、悠ちゃんにとっては嬉しいことだと思うけど？　なんなら、私が食べたい。羨ましいなぁ」

「またまた……」

料理の腕ならば、茜だって負けてはいない。洋食に関しては彼女のほうが上だ。

それでもこんな風に言うのは、おそらく彼女の母の味を、剣が継いでいると思っているからだろう。

「毎日剣さんの料理を食べてるなら、もしかしたら悠ちゃんが将来、お母さんの味を継いでくれるかもね」

「……そうですね。そんなことが、あればいいと思います」

それは、たくさんある悠の可能性のうちの一つだ。何になったっていい。

料理人でも、公務員でも、芸術家でも、なんでも。

だが今のままでは、それが難しい。悠の生まれてからの環境はあまりに苛酷で無残だった。

そのせいで、この先の道まで狭められることなど、あってはならないはず。

そのことを考えると、剣はいつも腹が立つ。とはいえ、その感情を表に出すわけにもいかないので、いつも一人で拳を握りしめるばかりだが。

今日剣は、茜に悠の就籍に協力してほしいというお願いをしにきたのだった。その上で、剣が父親となることは可能なのか、里親のことについても相談したかった。

力強く握りしめすぎて真っ赤になった剣の拳に、茜がそっと掌を重ねる。

「大丈夫。辛かっただろうけど、これからは絶対に誰も、悠ちゃんを一人になんかしない。そうでしょ？」

「……はい！」

それ以上、言葉が出てこなかった。剣は重ねられた掌を、もう片方の手でしっかりと握った。

「私にできることは、なんでも言ってね」

「ありがとうございます……！　お子さんもまだ小さいのに無理をお願いしているのは、重々承知しているつもりです……もし、難しければ遠慮なく言ってください」

「わかった。剣さんがそう言うなら『できる限り』から『できる範囲』に変える」

「……どっちも似たようなものでしょう」

思わず剣が噴き出すと、つられたように茜も笑い出した。

重苦しい空気が、笑い声で塗り替えられていく。

（やっぱり、この人は似ている）

剣は不思議と、かつての主とともに過ごしているかのような気持ちになるのだった。

そんな和やかな二人の間に、割って入る声があった。

「随分楽しそうだな」

現れた男性はかなり不機嫌そうだ。そんな声の主を、茜は顔を綻ばせて迎えた。

「おかえりなさい、金剛！　お買い物、ご苦労様。葵もおかえり！」

茜は立ち上がって、金剛がおぶっていた子どもを抱き上げ、おかえりのハグをする。金剛はその様子を優しく見つめ、次いで剣に針のような視線を向けた。

剣は、慌ててお辞儀をする。

「お、お久しぶりです、金剛さん。お邪魔しています」

「……ああ」

無愛想な返事のあと、金剛は剣の顔をじろりと睨んだ。

「俺の嫁に懸想したら……わかってるな？」

「わかってます。そんなつもりは毛頭ありませんから、会うたび睨まないでください……！」

剣は半ば呆れ気味に答える。

金剛は、元はとある神社にいた狛犬だった。怪我をしていたところを茜に救ってもらい、それ以来、彼女に惚れて惚れて惚れ抜いている。金剛のほうから猛烈にアプローチし、ついには結婚し、子どもまで生まれた。その子どもこそ、金剛が先ほどまでおぶっていた葵だ。

金剛は戸籍がないため、入籍はせず、事実婚の状態ではあるが、誰もが認めるおしどり夫婦である。

金剛は茜にベタ惚れで、自分以外の男が茜に近付くと、とんでもない勢いで牽制してくるのだ。先ほどの手を握り合っていた場面を見られなくてよかったと、剣は心の底から安堵した。見られていたら、今頃無事では済まないだろう……

しかし、そんな金剛の愛妻家ぶりが、この店の売りの一つにもなっている。

「あれ、お団子は？」

そういえば、先ほどは忙しくて気付かなかったが、いつもホールを一人で取り仕切っている金剛がいなかった。ふと、剣は思い出す。

この店は厨房の茜とホールの金剛の二人で回しているため、どちらかが抜ければ立ちゆかなくなるのだ。

「葵が泣き出しちゃって、接客どころじゃなくなっちゃったから、せっかくだし、剣さんが好きなお団子を買いに行ってもらってたの」

「そ、それは……大変お手数をおかけしました……」

「……散歩のついでだったから、いい」

金剛はぶっきらぼうな物言いだが、照れくさいのだと剣にもわかった。

「それでお団子は？」

「こいつの娘にやった」

「……は？」

金剛は視線を逸らしたまま、剣を指さす。剣はただ困惑するばかりだ。

「悠ちゃんに会ったってこと？　え、どこで⁉　なんで？」

「まぁ、ちょっとな……伊三次たちといたから、こいつの娘だってわかった。家に帰ったら、二人で食え」

金剛はそれだけ言うと、葵を連れて厨房に入っていった。

無愛想なのだが、その後ろ姿は不思議と冷たいとは感じないのだった。

「案外、悠ちゃんのこと気に入ったのかもよ？　先を越されたなぁ、羨ましい」

「今度、茜さんも会ってやってください」

「うん、ぜひ！」

茜が頷いたのを見て、剣は少し心が軽くなった。抱えていたものをすべて打ち明けて、自分の頼みを了承してもらえた安堵からだろうか。

「あのね、本当に遠慮なくなんでも言ってほしいと思う。でも忘れないで。悠ちゃんが一番大好きなのは、きっと剣さんだから。その気持ちを、一番大事にしてあげてね」

その真摯な瞳は、慈愛に満ちていた。この様子を金剛が見たら、きっと嫉妬するだろう。

剣は静かに深く頭を下げた。

「ありがとう、ございます……！」

「よし、じゃあ改めて剣の卵焼きを作るぞ！」

事務所に戻った伊三次は、買ってきた大量の卵を前に張り切って叫んだ。

悠と双子たちがその声に従って拳を突き上げる中、一人だけ冷たい視線を伊三次に向ける者がいた。もちろん、八重だ。

「作るぞって……作るのは私でしょ？」

「まぁ……そうなるな」

何百年と生きている伊三次だが、台所で料理を作る経験はほぼなかった。

「じゃあ卵を割って。それは任せるわ」

「御意！」

普段なら双子たちが口にする言葉を伊三次が言う。おかしくて笑う双子たちを、伊三次は睨みつけた。伊三次が卵を割っている間に、八重は買ってきた調味料を並べる。

思いついた『甘辛い』に近いもの……結局あれもこれもと買ってしまった。

悠はスーパーで調味料を手に取るたびに目をキラキラさせていた。次はどんな卵焼きができるのか、果たして剣の卵焼きができるのか、期待しているのだ。

「じゃあ、まずはこれから試しましょう」

八重がそう言って手にしたのは、めんつゆだ。

「醤油とどう違うんだ？」

「醤油にお出汁やみりんや砂糖を加えたものがめんつゆよ。味がある程度整ってるから、使い勝手がいいの」

八重はボトルのキャップを開けて、計量スプーンで量り、卵が入ったボウルに加えた。

ボウルの中で、黄色い卵とめんつゆが絡まり合っている。

それを菜箸で解きほぐしていくと、だんだんと溶き卵が濃いめの黄色に染まっていく。

しっかり混ぜ合わせると、今度は卵焼き器を火にかける。

温まるのを待って油をひく。油が全体に馴染んだところへ、ボウルを傾けて、卵を流し入れた。またもジュワッと威勢のいい音が響き渡る。

熱い卵焼き器の中で、卵があっという間に固まっていく。八重はそれをポンポンと軽やかに巻いていった。悠がその手元をじっと見つめる中、八重は続いて卵も加えてまたくるくる巻き上げていく。ところどころ茶色い焦げ目のついた卵焼きが、だんだん大きくなって、皿の上にでんと置かれた。

「ちょっと焦げてるな」

「めんつゆが入ってるとどうしても焦げやすいのよ。この焦げ目も美味しいから大丈夫」

なるほど、砂糖やめんつゆを入れると難しいらしい。八重の話を、悠は一生懸命覚えようとしていた。伊三次は急いで出来立ての卵焼きを人数分に切り分けた。

「よし、じゃあ悠、食べてみてくれ」

箸を渡され、悠は神妙な面持ちで皿と向き合った。おそるおそる卵焼きを掴んで、一口ぱくっと食べてみる。もぐもぐとゆっくり咀嚼を繰り返し、悠の口から出た言葉は……

「おいしい！」

「よかった。剣さんの味とは似てる？」

八重の問いに、悠は一瞬だけ考え込み、そして申し訳なさそうに首を横に振った。

「これもダメか……難しいわね」

「いったいなんだろうな。剣の味の秘密って……」

「主様（ぬしさま）も八重殿も、落ち込むのが早くはありませぬか？」

卵焼きを口に入れたままそう言ったのは銅だ。銀に後ろからはたかれながらも、まだ話そうとしている。

「よくご覧くだされ。卵はまだこんなにありますぞ。それに調味料もあれこれと揃えたではございませぬか。落胆するのは、これらをすべて試してみてからでは？」

そう言われて、伊三次も八重も卵の十個入りパックと調味料類を見た。確かに、まだまだチャンスはある。

「そうね。じゃあこれ全部、試してみましょうか」

「おう」

伊三次と八重がぐっと拳を握ってコンロに向かった。

「ちょっと待ってください」

そう言って二人を止めたのは銀だ。何やら真面目な顔をしている。

「どうした、銀？」

「卵焼きの試作は最重要課題ですが、その次に重要なことがございます」

「……それは？」

「あちらです」

銀はそう言って、剣の作ってくれた重箱の弁当を指した。中身はまだたっぷり詰まっている。卵焼き作りに躍起になって、他のおかずがそのままになってしまっていたのだ。

「腹が空いては戦はできぬ、とも言いますし……？」

「……要は、腹が減ったから卵焼き以外も早く食おうと？」

「如何にも」

えらく改まって言われたものだから、伊三次は何事かと思ったのだが、内容は子どもの言うことと大して変わらなかった。

一同は脱力したものの、至極まっとうな意見なので、受け入れざるを得ない。

「よし、じゃあ次の卵焼き作ったらこの弁当も食おう。色んな料理と合わせて試食といこうぜ」

伊三次の放った一言に異議のある者などいない。全員、一斉に賛成の声を上げて、再び卵焼き作りを始めた。

それからも、奮闘は続いた。更に弁当を食べ始めてしまったために、ある苦難に見舞われることになった。弁当を作ったのは剣だ。その美味しさに、食べ始めたら止まらなくなることは必至。

案の定、ぱくぱく口に放り込むうちに意識がお重に集中し、胃袋の中に卵焼きを入れる余裕がなくなってしまったのだ。それでも最重要課題なので、皆でなんとか卵焼き作りに取り組んでいた。だが、やはり様々試しても、悠が思い切り頷くことはなかった。

満腹で全員が限界を迎えようとしていたそのとき……

「ただいま……って何やってんだ？」

その声の主は、伊三次たちにとっては救世主のように思えた。

「遅かったな剣！　待ってたぞ！」

「……へ？」

伊三次の勢いに、剣は戸惑った。事務所内を見回すが、全員が何やらぐったりしていることくらいしかわからない。

「おかえりなさい！」

剣の足にしがみついてそう言う悠を、髪がくしゃくしゃになるくらい撫でていると、今度は別の声が聞こえた。

「こんばんは」

八重がお辞儀をする。

「え？　緒方先生……？」

「はい、今朝はどうも」

「ああ、いえ。こちらこそ」

伊三次と八重が友人ということは知っていたが、剣にとっては月に数回会う小児科の先生でしかない。伊三次と同じようにくだけた態度を取ることは難しい。

しかし、今朝の知性溢れる様子とは打って変わって、穏やかで打ち解けた空気は別人のようだ。しかも……悠は八重の側に駆け戻ると、ぴったり張り付いて、卵焼きを嬉しそうに頬張っている。まるで、母に甘える子のように。

「……ところで、どうして卵焼きばっかり食べてるんだ？　弁当作ったろ？」

机に並ぶたくさんの卵焼きを見て、剣が聞く。

伊三次は、咳払いをして、これまでの奮闘を厳かに語って聞かせたのだった。

「はぁなるほど。それでこんなにいっぱい卵焼きを……それにしても、そんなにたくさん食べて、悠のお腹は大丈夫だったか？」

剣はようやく事態を理解できた。そして、皆の気持ちも少し理解する。

追い求める味があって、それに向けて試行錯誤するのは、剣自身も覚えがあるからだ。ただそれにしても食べすぎではないか、とは思う。

「というわけで、剣、これ食べてみてくれ」

伊三次は残っていた卵焼きの一つを剣に差し出した。剣は食べざるを得なかった。しぶしぶ一口ぱくっとかじってみる。

「どれどれ……うん、美味い」

何度か咀嚼して、剣は大きく頷いた。甘さとしょっぱさが絶妙で、冷めていても美味しかった。剣のその言葉を聞いて、悠を含め、伊三次たちはホッと安堵する。だが、すぐに伊三次は渋い表情に変わった。

「でもおまえがいつも作るやつとは違うんだろ？　もっと甘いって悠が言ってた」

「ああ、この味付けは……めんつゆか？」

「そうだ。それでこっちは白だし、こっちはなめ茸、これはしらすで、これは七味、あとこれは……チーズだな」

「……なんでどんどん遠ざかってるんだよ。チーズは絶対に違うぞ」

「ごめんなさい。なんだか色々試してるうちに、ちょっと……」

どうしてか、八重が謝った。剣は不思議に思ったが、よくよく考えれば伊三次たちに料理が作れるはずもない。おそらく八重がすべて作ったのだろう。

「お疲れ様でした……」

剣は同情の思いをめいっぱい込めて、そう告げた。

「しかし……本当、迷走していたのがよくわかるな」

「今思えば、最初のほうがいい感じだったな」

伊三次が肩を落としながら言う。

「最初？　緒方先生、何を入れたんですか？」

「ええと……一番最初に作ったのは砂糖、次はみりんね」

「なるほど」

八重の言葉を聞き、剣は頷いた。

「なんだ？　答え合わせか？」

「まぁ、そうだな。俺がいつも作ってるのが答えなら、実は正解は出てたみたいだ」

「え⁉　どれ？」

剣がそんなことを言うものだから、悠だけでなく、伊三次、八重、双子たち、全員の視線が剣に集中した。今、机に並ぶ調味料のいったいどれが答えなのか。皆鋭い視線を剣に向けて、その答えを待っている。剣が戸惑っていると、悠が進み出て、剣を引っ張った。そして、コンロの前まで連れていって、言った。

「つくって！」

「え？　まだ食べるのか？」

さっきまで満腹で死屍累々な状態だったというのに、意外にも伊三次たちもその意見に乗った。

「おお、いいな！　剣、答え合わせに作ってくれ」

「ここまできたら、実際に食べてみたいわ」

八重にまでそう言われては、拒否できない。ちらりと机を見る。調味料はある。卵も三つ残っている。道具も、必要なものは揃っているようだ。

「う〜ん……じゃあ作るか？」

剣がそうぽつりと言った途端、その声を掻き消す勢いで歓声が上がる。

「おお、やっと俺たちも『剣の味』が食えるんだな！」

（弁当にもたくさん入れておいたのに……）

そう剣は思ったが、言葉には出さず胸にしまって、準備を始めた。

コンロの横に、ボウルと菜箸と卵を三つ、調味料とザルを置く。

剣は卵を割ろうとして、ふと悠を振り返った。

「そうだ……せっかくだから一緒に作るか？」

剣がそう言うと、悠は目を輝かせた。二人は並んでキッチンに立った。

その瞬間、剣は料理人の顔になった。普段は調理服なのだが、今日は持っていないので、さっきまで伊三次がつけていたエプロンをつけている。

「よし、じゃあ卵を割ろう。悠、できるか？　あのな……優しく。優しく割るんだぞ？」

剣の声が届いているのかいないのか……悠の表情は硬い。

悠は卵を一つ手に取り、そっとひびを入れて、パカッと開く。すると中から艶やかな黄身と白身がつるんと現れ、ボウルに落ちていった。

「おお、上手だな」

思わず零れ出た剣の言葉に、悠は得意げな笑みを浮かべ、もう一つ、卵を手に取る。危なげなく二つ目を割ると、続けて三つ目……すべて、きれいにボウルの中に割ることができた。初めて卵を割った日から、悠は着実に上達していたのだった。

だが悠が笑みを浮かべた理由は他にもあった。なんと、最後に割った卵から飛び出した黄身が、二つ仲良く揺れていたからだ。

「これ、かぞく！」

「うん、そうだな。仲良しだな」

ボウルの中で揺れる双子の黄身を嬉しそうに眺める悠は、おそるおそる剣を見上げた。以前、剣は無残にも双子の卵をぐしゃっと潰してしまったのだ。調理のためとはいえ、悠はショックを受けていた。

そのことを伊三次からこっそり指摘されていた剣は、困った挙句、そろそろと尋ねた。

「えーと……ごめんな。この双子卵、溶いてもいいか？」

悠だって、このまま眺めていられないと、わかっている。優しく尋ねられ、悠は名残惜しそうにボウルの中を見つめ……そして、意を決して頷いた。悠の同意を受けて、剣はそろりそろりと黄身を混ぜていく。双子卵の黄身が最後まで残るように。

自らが割った卵の行く末をじっと見守る悠の前で、黄身は透明な白身と混ざり合い、黄色い液体に姿を変えたのだった。いよいよ『剣の味』の秘密が明らかになる……！

皆がそう思った矢先、剣が手を伸ばしたのは、調味料ではなく、ザルだった。

「へ？　砂糖とか入れないのか？」

「入れるけど、その前にこれだよ」

続いて剣はボウルをもう一つ手元に引き寄せ、その上にザルを持ち、ザルに先ほど溶いた卵を流した。ザルの少し粗い目から、黄色い卵の液がサラサラ流れ落ちていく。そして、目を通らなかった小さな塊（かたまり）が、ザルの上に残った。

「……なんだこれ？」

「溶き切れなかった白身だよ。案外残ってるんだ」

「そこまでするんですね、知らなかった……」

「これやると、けっこう違うんですよ。試してみてください」

感心する伊三次と八重の視線を受けて、剣はニヤリと笑った。そして、同じように卵を漉（こ）す作業をもう二度くり返し、ザルを置く。そしてようやく、調味料に手を伸ばした。手に取ったのは……白だしだ。剣はそれを計量スプーンで慎重に量り、投入する。

「まさか、白だしだったとはね……」

「いや、まぁ客先だと出汁（だし）を取ることもあるんですが、今日はそこまでできないですし、そういうときの代役は白だしが果たしてくれます。それに、白だしだけじゃないんですよ」

　剣はそう言うと、今度はみりんの瓶を手に取り、白だしより少なめの量を入れた。

「え、みりんも⁉」

「俺は白だしの卵焼きが好きでよく作ってたんです。でも悠は甘いものが好きだから、それに合わせて作っていたら、なんとなく甘めの味付けになっていって……ね」

　そう悠に語りかけながら、剣は少し照れ臭そうに笑った。

　その手元を、目を爛々と輝かせて悠が見つめている。

　水も少し入れて滑らかに、丁寧に、卵液を掻き混ぜると、剣はボウルを置いてコンロの前に立った。今日何度も活躍した卵焼き器をコンロに置いて火を点け、じっくりと温める。剣は八重よりも慎重に、温まるのを待っている。

　卵焼き器の上に手をかざし、熱くなっていることを確認すると、剣は悠を見た。

「よし、やるか」

　力強く頷く悠をコンロの前の椅子に立たせて、剣は卵焼き器に油を回した。十分に熱せられ、油はスーッと滑っていく。

「よし、卵を入れてくれ。ゆっくりと、な」

　悠は、頷きながらボウルの卵を流し入れた。とろとろと卵焼き器についた側から、ジュワッと音が鳴る。隅々まで満遍なく卵を行き渡らせ、気泡をこまめに潰し、黄色い……いや、黄金色の薄い卵の膜が出来上がった。まるで混じりけのない金糸で織り上げられた織物のようだ。剣と一緒に、悠はそれをゆっくりと慎重に巻き上げていく。八重の手元を何度も見ていたためか、剣が想像していたよりもずっと素早く、きれいに巻き取った。

「おお……すごいな。じゃあ、同じように残りもできるか？」

またも得意げに笑う悠の側に立って、剣は一緒にボウルの卵をそっと流し入れる。

悠は器用に卵を全体に回して、またくるくると巻き取っていった。最後も同様に、あっという間にこなしていく。剣が見ている前で、悠は最初から最後まで自分で卵焼きを作った。

真っ白な皿に移すと、卵焼きはますます黄金色に輝いて見えた。

「すごいな、悠。これ見てみろ。こんなにふわふわだぞ」

切り分けるために剣が包丁を入れると、驚くほどふんわりしている。

切り分けた断面も、もちろん黄金色だ。空気が入らず、きれいに出来上がった卵焼きは、熱い湯気と出汁（だし）の香りを漂わせて、満腹であったはずの皆を誘惑する。

「さあ、できた。悠が作った卵焼きだぞ」

剣の言葉にその場にいた全員が歓声を上げる。

「悠、食べてみな」

「……これ！」

六等分の卵焼きにかじりついた瞬間に、悠は今日一番大きな声でそう言った。

そして、一番美味しそうな顔をしている。

「そうかそうか。この味、気に入ってくれたか。じゃあ、また作ろうな」

「よかったな～悠、食べたいって言えばいくらでも作ってくれるってよ」

「うん！」

伊三次の言葉に呆れる剣だったが、悠に満面の笑みで頷かれては、苦笑するしかなかった。

「本当に美味しい！　甘さとしょっぱさのバランスが絶妙ね……喧嘩してないっていうか、それぞれを引き立てあっているというか」

「気に入っていただけてよかったです。よければ緒方先生にも、今度差し入れします」

「ええ、いいの⁉　悪いけど……でも、食べたいわ」

八重が遠慮がちにそう言う。

「悠にも先生にも、いくらでも作りますよ。けど、また別の卵料理も食べさせてあげたいな。オムライスとか」

「おむらいす？」

もぐもぐしながら首を傾げる悠とは違い、伊三次は目を丸くしていた。

「オムライスって……おまえまさか、洋食ニコイチ亭のオムライスを食べたのか……？」

「ああ、今日茜さんに会ったときに、まかないをごちそうになってな」

「おまえって奴は……ひでえな……！」

「え⁉」

伊三次のいきなりの非難に、剣は戸惑った。銀と銅までもが、悔しそうにしている。悠は不穏な空気に怯えている。おそるおそる、剣は尋ねた。

「な、何がだよ？」

「俺たちがおまえの卵焼きを再現しようとあれこれ苦労してる間に、一人で美味いもん食って……許せねえ！」

「……は？」

八重だけが、『そんなことだろうと思った』という顔で卵焼きをもう一口ぱくりとかじった。

「まったくです！　わざわざ買い物にまで行ったというのに」

「試行錯誤したというのに」

「それは……すまん？」

まくし立てる銀と銅に剣は押され気味だ。

「……そんなこと言って、結局色んな味変やトッピングを楽しんでたじゃないの」

よくわからないままに謝る剣を、八重が庇う。だが、伊三次たちの怒りはそれでも収まらないようで……

「八重、おまえはわかってない！　茜さんの作るオムライスは絶品なんだ。独り占めは罪なんだよ」

「つ、罪って……」

「じゃあ今度、そのお店に食べに行けばいいじゃない」

「店に行くと、昼間に会ったあいつが俺たちのことを睨(にら)んでくるんだよ。美味さが半減する」

「昼間に会った？　あいつ？」

「金剛だよ。あいつは、今日剣が会いに行った茜さんの旦那だ。二人で洋食(ようしょく)店をやってるんだよ」

困惑している八重に、伊三次が説明する。

「ああ、そういえば金剛さんに会ったんだってな」

剣がそう言うと、悠が立ち上がり袋を差し出した。

「これ、もらった！」

この近所の和菓子店のものだ。剣がよくかつての主(あるじ)と一緒に食べていたみたらし団子で、今は悠と食べている。そういえば金剛は剣に、『二人で食え』と言っていた。

「ありがとうな、悠。受け取ってくれて」

悠はとても誇(ほこ)らしげだった。剣はそんな悠の頭を撫(な)でてやると、くるっと伊三次たちを振り返った。顔には、張り付けたような笑みを浮かべている。

「……で？　どうしてパックだけあって、団子がないんだ？」

「……あ」

伊三次たちは、剣の言わんとすることに気付いた。

「俺は金剛さんから『二人で食え』と言われたんだが？」

気まずい面持ちの伊三次たちに対し、八重は心から申し訳なさそうにしている。

「ごめんなさい。あまりに美味しくて、止まらなくて……」

「ごめんなさい」

悠と八重が、揃って深々と頭を下げた。

「いえ、悠と先生はいいんです。悪いのは全部こいつらです。どうせ取り合いになってるうちに、歯止めが利かなくなったんでしょう」

剣は伊三次と双子たちをびしっと指さした。図星だった。三人とも、反論しようにもできなくて、縮こまっている。

「け、剣殿……我らがあとで買ってまいります……」

「もちろん、そうしてもらおうか」

銅が申し訳なさそうに言うも、剣の怒りはまだ収まらないようだ。

これは許してもらえなそうだ、と伊三次は焦る。

そんな伊三次を見て、八重が肩を震わせて笑った。

「子どもみたいに怒ったり怒られたり、焦ったり……忙しいわね」

「八重、笑うなよ！　こっちは必死なんだぞ」

「そうねぇ。じゃあ、ちょっとだけ提案」

八重はそう言うと、悠を手招きして、何やら耳打ちした。きょとんとして聞いていた悠は、やがてぱっと顔を綻(ほころ)ばせて、得意げに頷くのだった。

悠は張り切って剣に近付き、大きな声で宣言した。

「けん、はるがたまごやき作る！　だから、いさじをゆるしてあげてください！」

悠が大きくぺこりと頭を下げた。

それは、剣には効果抜群だった。他でもない、悠の『お願い』だ。

剣は大きく深呼吸をして、悠に向けて手を伸ばし……その頭をわしゃわしゃ撫(な)で回(まわ)す。

「仕方ないな……悠に言われちゃ、な。おまえたち、悠様に大きな借り一つ、だぞ」

「ありがてぇ……！」

伊三次たちが土下座をして、ようやく剣はいつもの笑顔に戻った。

「よし、じゃあみたらし団子を受け取ったら家に帰ろうか、悠」

「うん！」

そのご機嫌な声を聞いて、銀と銅が全速力で駆け出した。団子を買いに行ったのだ。

伊三次はというと、八重の側に寄って、こっそりお礼を述べた。

「助かった。あいつ怒ると怖いんだよ。食べ物のことだと特に……」

「まぁ、もっと怒られてもよかったと思うけどね」

八重は笑いながら、優しげに剣と悠のことを見つめる。

「……あの人、本当に悠ちゃんが大事なのね。診察のときも、いつもすごく真剣でね。卵焼きを作っているときも、心配そうに悠ちゃんの手元を見ていたわ」

「まぁな……診察の件は本当にありがとうな、八重」

その言葉に、八重は首を横に振った。そして、小さく笑った。

「私ね、たくさんの家族を見てきたわ。だけど……今日みたいに、家族っていいなって思うことはそうそうないわよ？」

「そうなのか？」

八重は静かに頷いた。そして、ちらりと視線を動かす。

その先には、皆でたくさん作って食べた、卵焼きの皿がある。

「あんなに、互いのことを思って作った卵焼きを食べたらね……そりゃ、そんな風にも思うわよ」

八重と伊三次の視線が交わり、どちらからともなくふわりと笑う。そして、二人とも同じ方向を見た。そこには、今日作った卵焼きについて楽しそうに語る剣と悠の姿があった。

第三章　ねことかぞくとおや子どん

たまごととりさんで、おや子どんなんだって。
でも、へんなの。
とりさんだって、みんなおかあさんじゃないのに。
だったら、けんといっしょにつくったら、おや子になるのかな。
みんなといっしょに作ったら、みんなとおや子になるのかな。
きっと、そうだよね。そうだったらいいな。

皆でお花見をしてから四か月が過ぎ、夏も真っただ中のとある晴れた日。
その日、剣は朝からそわそわしていた。
「今日は、大事なお客さんが来るんだ」
悠も一緒に意気込み、朝から剣の後ろをついてまわって、掃除だの、料理だののお手伝いをしている。昨日の時点で準備は万全だったのだが、剣は何かしていないと落ち着かないようだ。ちなみに手伝い要員として伊三次たちも呼ばれているのだが……あまりにも剣と悠がまめまめしく働くものだから、出番なしと勝手に決め込んでダラダラしている。

「おーい、手伝ってくれないなら、飯抜きだぞ」

そう剣が脅してみたりもするのだが、伊三次たちは微動だにしなかった。

「そうは言ってもなぁ……おまえが何をそんなに張り切ってるのかがわからん。だって今日来るのって、あの人だろ?」

伊三次が不思議そうに言う。

「ただ、ご実家に帰ってこられるというだけでしょう?」

「剣殿の準備は他人行儀では?」

掃除を終えて、急須と茶葉を用意する剣に、双子たちまでが首を傾げている。

「だから、あの人……茜さんの実家だからこそ、ちゃんとしなきゃいけないだろう」

「アカネサン……?」

悠は首を傾げている。

剣が言う『あの人』とは、剣の主の娘であり、かつてこの家に暮らしていた茜だ。来客といっても、幼い頃から過ごした家に、茜が一時的に帰ってくるだけであって、赤の他人が訪問してくるということではない。だが、剣は相変わらずそわそわしている。

「あのなぁ、俺はこの家を預かってる身なんだぞ。茜さんのご厚意で住まわせてもらってるんだ。俺が初めてこの姿で顕現したときは、茜さんはすでに家を出ていて、一緒に暮らしたことはないし……そうそう甘えるわけにもいかないだろ」

「多少散らかってたとしても、目くじら立てるような人じゃないだろ」

「俺が気にするんだよ」

こうなった剣に異を唱えても意味がないと思ったのか、伊三次はそっぽを向いてしまった。そんな態度に、剣はちょっとだけ眉をひそめる。

「……せっかく昼は洋食ニコイチ亭のランチボックスを持ってきてくれることになってたのになぁ……いらないんだな？」

「なっ⁉」

伊三次が急に取り繕おうとする。そのとき、ドアチャイムの音が鳴り響いた。慌てて剣が応対すると、元気な声が聞こえてきた。

「やっほー！　お久しぶり、茜でーす」

その声だけで暑さを吹き飛ばしてしまいそうな声だ。かつては毎日聞いていた声と本当にそっくりだと思いながら、剣は玄関へ向かう。

「いらっしゃい……って言うのも変ですけど、ご足労、ありがとうございます。金剛さんも」

「ううん、たまには実家で羽根を伸ばしに来ただけだよ」

玄関前には、茜と金剛が立っていた。金剛の背中には赤ん坊の葵がいる。ニコニコしている茜とむっつりしている金剛の対極具合に、剣は相変わらずだなと思う。

茜は玄関をくぐって家に入った瞬間、すぅっと大きく深呼吸をする。

「ただいま、懐かしの我が家！　この匂い、変わらないんだなぁ」

家の中へ入って、茜は懐かしそうに家中のあちこちを眺めている。

剣の主が生きていた頃は、盆暮れと正月は必ずこの家に集まっていたものだった。

茜に赤ん坊が生まれて多忙になり、主が亡くなり、更に昨年末は悠を迎え入れたばかりだったため、その集まりはここ数年、延期していたのだった。

「いやはや、人様のご実家に頻繁にお邪魔して、申し訳ない」

居間から伊三次がひょこっと顔を出し、そんなことを言った。

茜は、久々に会う面々を見て、顔を綻ばせた。

「伊三次さん！　銀くん、銅くんもお久しぶり！　もっとお店に来てよ」

「そうしたいのはやまやまなんですがね、まぁ色々と忙しくて……」

伊三次と銅・銀は元々、剣の主の店の常連で、剣や茜ともそれで顔見知りになった。主が亡くなってからは、茜の店にもよく食べに行っていたようだ。

茜の背後では、金剛が般若のような顔で睨んでいる。

洋食ニコイチ亭は料理の評判はいいが、男性だけで来店すると、必ずこの愛妻家の給仕に凄まれると有名だ。女性客には、その愛妻家ぶりがウケているのだが……

そんなわけで、伊三次たちも金剛と対立する状況を避けるべく、店から足が遠のいていたのだった。

「あーでも、そうだな。茜さんのオムライスが食べたいって言ってるやつがいるから、今度また寄らせてもらいます」

「本当？　ありがとう！　待ってるね」

「……男か？」

今にも襲いかかってきそうな様子で金剛が尋ねるので、なだめるように伊三次は答える。

「女だよ。俺の事務所の近所に住んでるから、気に入ったら一人でも行くようになるんじゃないか」

「……そうか。常連になってくれそうな人は歓迎だ」

ぼそっと呟き、金剛はすたすた歩いて居間に入ろうとする。しかし、その足がぴたりと止まった。居間の入り口には、つぶらな瞳で見つめる小さな住人がいた。悠だ。

「……お団子の人？」

「金剛だ」

「こんごう？」

金剛はくしゃくしゃと悠の頭を掻き回すと、くるりと背中を向けた。その背には葵がいる。今日はご機嫌なようだ。

「赤ちゃん！」

「……葵だ」

「あおいちゃん？」

「……葵くんだな」

悠が葵のふよふよ動いている手を握ると、葵も握り返した。

幼い者同士、何か通じ合うものがあっての握手だろうかと、剣は思った。

「葵ちゃんでもいいよ。悠ちゃん、うちの子と仲良くしてくれる？」

そう言ったのは茜だ。悠はやや驚きつつ、まじまじと茜の顔を見つめている。

初めて会う人に対していつも見せる、怯えた反応ではないから、剣は少し意外に思った。

「あ、いきなりごめんね。私は宮代茜っていいます。さっきの金剛の、奥さんだよ」

悠は目をぱちくりさせて、まだじっと茜を見つめていた。茜もまた、悠を見つめ返している。

「……赤ちゃんの、おかあさん？」

「そうだよ。よろしくね」

そう言って、茜は右手を差し出す。

悠はしばし戸惑っていたが、そろそろとその手を握り返した。茜がニッコリ微笑みながらぎゅっと力を込めると、悠もまた一層力を込めて茜の手を握り返した。

「力強いねぇ、悠ちゃん。仲良くしようね！」

「うん！」

剣は、その様子を見てホッと胸を撫で下ろす。仲良くできるだろうと思ってはいたが、やはり少し心配もしていたのだ。

「茜さん、それじゃ……」

剣が声をかけると、茜は小さく頷いた。

「お昼にしようか。じゃん！　洋食ニコイチ亭のランチボックスをお持ちしました！」

茜はそう言って、ボリュームたっぷりのランチボックスをテーブルに置いた。ちゃんと、人数分ある。目を輝かせたのは悠だけではない。伊三次や双子たちまで飛びついていた。

「おお、さすがは茜さんだな」

「我らも食べてよいのですか？」

「もちろん」

銅に茜がそう言った途端、伊三次たちは剣に視線を送った。

「仕方ないな。じゃあ俺はお茶を淹れてきます。悠、手伝ってくれるか？　ご飯は一緒に食べたほうが、美味しいもんな？」

「うん！」

剣がそう言うと、悠は曇りのない瞳を向けて、頷いたのだった。

そうして、ランチボックスを食べて一息つくと、剣と茜は隣室へ移動してしまった。

居間には悠と葵、そして金剛と伊三次たちがいる。彼らは話が終わるまでの間、子どもたちの面倒を任されていた。

「……おまえさんとこの赤ん坊……葵だっけ？　もうあんなに大きくなったんだな。早いもんだな」

「子どもの成長はあっという間だ」

「なるほどね。なかなかいいお父さんやってるじゃないか」

からかうような伊三次の口調に、金剛は眉をひそめる。

「……父親なんだから、当たり前だろう」

「そりゃそうなんだが……意外と当たり前って難しいんだよなぁ」

伊三次が言外に匂わすことを、金剛は察した。

客商売をしていると、色々な人間を知ることになる。金剛とは大きく違う父親や、茜と大きく違う母親の姿を、伊三次は見てきたのだろう。

金剛の視線が、嬉々として葵と遊んでいる悠に向いた。

「まぁ、茜に声をかけた理由は理解できる」

悠と葵、遊んでいるというより触れ合っている二人に、銀と銅が加わって、笑い声が大きくなる。その様子を見守りながら、伊三次は隣室のことが気になっていた。

なんの話であるかは概ねわかっているが、それでも、どんな方向に向かうのか、どうしても気にかかる。

(まぁ、剣と茜さんのことだ。悪いことにはならないだろうが、な)

居間の隣室は客間になっていた。

剣も茜もこの家の者なので、伊三次や金剛を居間に置いて自分たちが客間にいるというのは、あべこべでどうにもおかしな感覚だった。だが、悠たちを遊ばせておくなら居間のほうが都合がいいということになり、こちらを使うことにしたのだ。

居間からは早くも仲良くなったらしい悠と葵の賑やかな声が聞こえてくる。

その声を聞いて、剣と茜の顔には笑みが浮かんでいた。

「剣さんも、そんな顔をするようになったんだね」

「俺は……そんなに仏頂面でしたか?」

「ううん、前から子ども好きだったよね。でも、今日思った。悠ちゃんに対しては、やっぱりどこか違う。特別っていうか……」

「茜さんも、でしょう？」

「そりゃあもう。人の親になったからね」

茜がえっへんと胸を張ると、剣は微笑ましく思うと同時に、羨ましくも感じた。

「やっぱり、血の繋がった親子は特別ですよね。俺は親なんて言っていいのかどうか……」

「ほら……暗くならないで！　そのあたりをどうにかするために、話し合うんでしょ」

「ええ、お願いします」

お互いに頷くと、茜がバッグから何枚か書類を取り出した。

「前回頼まれた就籍と里親について、私のほうでもちょっと調べてみた。これ、情報が載っているサイトとか資料のコピーね」

「ありがとうございます」

剣は、まずは渡された資料に目を通した。自分でもあらかじめ調べていたことと、ほぼ同じことが書かれている。剣がすべて読み終わるまで、茜は口を閉ざして待っていた。そして、ようやく剣は書類から顔を上げた。

「やっぱり……難しいんですね」

「付喪神（つくもがみ）っていうのがね……悠ちゃんの代わりに就籍の届け出をしたり、里親になったりするためには、どうしても剣さんの個人情報が必要になるの。正直に言ってしまうと、やっぱり剣さんがずっと悠ちゃんと暮らしていくのは、難しいと思う。もし、剣さんと悠ちゃんがいいのなら、私が悠ちゃんを預かることもできるけど……」

　剣と茜は、二人して資料に目を落とした。そこに書かれていたのは、未成年後見人、里親、養子縁組、養親、児童養護施設……どれもこれまで自分たちには縁がないと思っていた言葉だ。だが、今となっては他人事ではなくなった。これらは悠のために、必要なことだ。

「お店の常連さんに、法律事務所の人がいるから聞いてみるね」

「俺も、お得意さんに聞いてみます。弁護士のお知り合いを紹介していただけるかもしれませんし。やっぱり、俺は悠の父親には……」

　剣の声は、だんだんすぼんでいった。茜が先に言葉を発する。

「どんな形になろうと、悠ちゃんは剣さんのことを父親と思っているよ、きっと」

「そう、でしょうか」

「嬉しかったよ。剣さんが、ようやく私を頼ってくれて」

　剣は口ごもった。決して茜を頼りなく思っていたのではない。

　彼女は独立して、結婚して、家庭を築いていた。茜の実家に住み着いているだけの自分が、迷惑をかけてはいけないとずっと思ってきた。もちろん、茜から頼りにされればなんでも応えるつもりでいたが。

「ありがとうございます。決して楽な道のりではないので、こんなこと本当なら頼めないいんですが、あの子の人間社会における正式な家族に、なって……いただませんか？」

剣はぐっと拳を握りしめた。茜が悲しそうな表情で剣を見ている。剣は、言葉の続きを口にした。

「俺は……俺では、悠の親にはなれませんから」

か細い声で呟く剣は、茜から見て痛々しいほど落ち込んでいた。

「剣さん。私、剣さんには感謝してるんだよ。剣さんはお母さんの側にいてくれた。最期のときまで、ずっと」

茜の表情が更に悲しそうに曇る。剣のかつての主が逝ったあの日のことを、思い出しているのだろうか。

「それは当然です。それに、あの人自身が茜さんにできる限り心配をかけないようにしようと思っていたから……」

そう言った剣を、茜はそっと止めた。

「私が言いたいのはね、剣さんの頼みを断るわけがないってこと。剣さんは、私の家族なんだから。そして、そんな剣さんが大事に思ってる悠ちゃんも、もう私たちの家族なんだよ」

「茜さん……」

剣だって、できる限りのことはするつもりだ。だが付喪神である剣は、人間社会の決まりごとには関わることができない。人間の司法やら行政からは外れたところで細々と生きている存在だから。悠が普通に暮らしていくには、社会に属していない剣ではできないことがあまりにも多すぎた。茜もそれを理解している。

「悠ちゃんは、任せてください！」

茜の力強い声に、剣は胸が詰まった。言葉が出ず、代わりに涙が溢れ出そうだった。

そのとき、ワッと大きな声が隣室から聞こえてきた。剣と茜はきょとんとして顔を見合わせる。どうしたのかと腰を上げたところに、ドタドタと足音が響いて、伊三次が客間に顔を見せた。

「茜さん！　来てくれ！　すごいぞ！」

剣と茜は首を傾げながら居間に向かう。そして、衝撃的な光景を目の当たりにした。

「葵ちゃん……！」

「これは……！」

茜と剣が息を呑む。金剛は嬉しそうな顔を見せていた。

悠が葵を支えようと必死に手を伸ばしている。葵は自分の足で立ち上がり、悠に向けてたどたどしくも足を踏み出そうとしており、悠はその手助けをしていた。

「あ、歩いてる……！」

「茜、見ろ！　葵が……歩いたぞ！」

金剛が叫んだその瞬間、葵はバランスを崩して、膝をついてしまった。

葵の表情が曇っていく。そして、ついに大泣きしてしまった。

「あぁ！　もうちょっとだったのに……！」

「あーあ、デカい声出すから」

残念がる金剛に、伊三次が呆れて言う。金剛は反論できなかった。

「あんよ、できた！　すごいね」

そう言って、悠が葵の手をぎゅっと握ると、不思議なことに葵は泣きやんだ。そのまま、二人は手を繋いでいる。

「二人とも、まるで姉弟みたい……！」

その様子を見て、茜は感嘆の声を上げる。走り寄って、二人まとめてぎゅっと抱きしめた。

「葵ちゃん、歩けてすごいね！　悠ちゃん、サポートしてくれてありがとうね！　二人ともすごいよ！」

「……さぽーと？」

「『お手伝い』のこと。悠ちゃんのおかげで、葵が歩けたんだよ」

茜の言葉を、悠はゆっくりと考えた。そして、意味を理解して、ようやく自分が大きな役目を果たし、それを褒められているのだと、理解したようだった。

その顔は、洗濯物を干したときよりも、お茶を淹れたときよりも、ずっと誇らしげだった。

「あーもう、嬉しい！　剣さん、今日は私がご飯作ってもいい？」

「もちろん、大歓迎ですよ」

「よし、じゃあこれからお買い物に行こう！　美味しいもの作らないと！」

張り切って立ち上がる茜の服の裾を、悠がきゅっと掴んだ。

「どうしたの？　何か食べたいもの、ある？」

「……おかいもの、いく」

「そっか。お買い物までお手伝いしてくれるんだね。ありがとう！」

悠はぱっと顔を綻ばせて、そのまま立ち上がった。

これまで、こんなにも短時間で人に心を開いた事があっただろうか。

（やっぱり、茜さんはすごいな。それに、悠も……）

剣は、二人が並んで歩く後ろ姿を見て、ほんの少しだけ羨ましいと思った。

今の悠と茜の姿は、どこから見ても仲良しの母娘のように見えるのだった。

商店街を歩くと、道行く人が皆、振り返り声をかける。

剣と悠が歩いていても、見慣れているので驚きはしないが、今日は違う。

いつもは一緒にいない茜と歩いているから、皆驚いて振り返る。茜はこの街で生まれ育った。おまけに母の店は、この近隣の台所と呼ばれるほど、地域住民の胃袋を掴んでいた。そんなわけで茜は、このあたりの人全員が知り合いと言っても過言ではないほど、皆に知られている。茜はかけられた声すべてに返答する。

会う人会う人、すべての人と話が弾む。主と茜の偉大さを、改めて実感する剣であった。

「このあたり、久しぶりに来ましたけど、やっぱり変わらないですね。なんか嬉しいです」

「まぁね、細々と頑張ってる店ばっかりだから、変化がなくてねぇ。あ、でも新しいお店ならできたよ。ね、剣さん？」

茜と話していた年配の女性に急に話を振られ、戸惑う剣だったが、すぐに話題になっている店の見当がついた。

「ああ、あのパティスリーですか」

その店は、昔ながらの洋菓子店のあとにできた。店主が高齢のため閉店した店舗を、譲り受けて改装し、パティスリーとして新たに開店したのだった。つい数週間前のことだ。小さいながら喫茶スペースも併設している。

「へぇ……新しくなったんですね。あのおじさんのお店がなくなっちゃったのは残念だけど、新しいパティスリーも気になるなぁ。人気なの？」

「それはもう。近所の方がこぞって行ってます。初日なんか店の外に行列ができてましたよ」

「今はもう落ち着いてるけど、それでも夕方にはショーケースが空になってるなんて、しょっちゅうよねぇ」

剣たちと立ち話をしていた年配女性の言葉に、茜の瞳がキラキラ輝き出す。だいたい何を言いたいか、剣には察しがついた。

「剣さんは、そこのケーキ食べた？　悠ちゃんは？」

悠は首を横に振った。あまりにも混んでいたから、今まで行ったことはない。

「じゃあ、行ってみよう！　皆の分も、ケーキ買っていこう」

「けーき？　おいしい？」

はしゃぐ茜に、悠はなんだかドキドキした様子で尋ねた。

「とっても美味しいよ」

茜は大仰に頷く。思い返せば、剣はまだ悠にケーキを食べさせたことがない。

「じゃあ、行こうか。きっと色んなケーキがあるから」

剣の言葉に悠はぶんぶん頷いて、剣と茜の手を握って、ぐいぐい引っ張って歩いた。

商店街の中ほどの位置に、そのパティスリーはある。深い色合いの木目調の外観が落ち着いていて、高級感がある。大きなガラス窓からは店内のシンプルな内装が見える。

店内にいる女性客は皆、楽しそうにショーケースを覗き込んでいた。

木製のドアの前には、小さな看板が置かれている。そこには店名が書かれていた。『Poche

d'amour（ポッシュドゥアムール）』と。

「フランス語か。日本語だと『愛のポケット』ですね」

「可愛らしい店名だね」

今まで何度も通り過ぎていた店の前に、剣たちは立っていた。

いつ見ても女性客でごった返しており、剣は自分が入る隙がないように思っていた。だが今は比較的空いている。店主がお客の一人一人に真摯に接客している様子が見える。

なるほど、この店の人気の秘密は、ケーキの味だけではないらしい。

大きな木製のドアを開けて、中に入った。

「いらっしゃいませ！」

朗らかな声が飛んできた。コックコートを着た男性が愛嬌のある笑みを向けている。年は三十代前半で、背丈は剣と同じくらいだ。髪をコック帽の中にきっちり収め、清潔感がある。浮かべている笑みは人懐こく、好感が持てるものだった。女性の心を鷲掴みにできそうだ。

「少々お待ちください」

パティシエはそう言って、先客の応対に戻った。その間に、悠と茜は店の内装や、壁際に並べられた焼き菓子、ショーケースの中のケーキに視線を巡らせた。

「きれいなお店だね」

「ねこちゃん！」

壁際に並ぶ商品の中には、動物を象(かたど)ったチョコレート菓子もあった。悠はすぐに数ある動物チョコの中から猫を見つけたのだった。

「そのチョコが、いいですか?」

振り向くと、先ほどのパティシエがニコニコして立っていた。どうやら悠たちの順番になったらしい。

「お待たせしてすみません。オーナーでパティシエの、栗間(くりま)です。そちらの猫ちゃんになさいますか?」

「ああ、いえ、ケーキもいただきます」

「では、こちらへどうぞ。今日はそれほどお客さんが多くなかったので、まだ結構残ってますよ」

栗間は悠の手から猫のチョコを預かって小さなバスケットに入れると、剣たちをショーケースのほうへと促した。先ほどは先客たちの背中で見えなかったが、ショーケースには何種類ものケーキが並んでいた。定番のショートケーキやガトーショコラ、チーズケーキから、抹茶タルト、フルーツたっぷりのタルト、三種の味のロールケーキに、『シェフの気まぐれ』という名のカップのミニパフェ……悠は目移りしている。

「どんなケーキがいいですか?」

栗間が悠に優しく語りかけると、悠はうーんと唸(うな)った。その隣(となり)に、茜がしゃがみ込み、一緒になってうーんと唸る。

「どれも美味しそうで困っちゃうねぇ。クリームたっぷりにしようか？　それともフルーツが載ってるほうが好き？」

「……くりーむおいしい。ぷりんもおいしい……」

「全部、取り揃えてますよ」

全部と言われ、悠は更に困っていた。必死の形相でショーケースを見つめている。

その様子を、剣も茜も、栗間も皆、微笑ましく眺めていた。だけどあまりに長い間悩んでいたので、さすがに茜が声をかけた。

「じゃあ悠ちゃん、何個か選んでくれる？　悠ちゃんの分もだけど、私や剣さんの分も。あと、お留守番してくれてる伊三次さんや銀くんや銅くん、それに金剛の分も。それで、皆で分け合いっこしようよ」

「それはいいな。悠、たくさん選ばなきゃいけないけど、どうだ？」

茜と剣が尋ねると、悠は責任感に満ちた面持ちで頷いた。だが、すぐに考え込んでしまう。

「あおいくんの分は？」

「葵ちゃんは一歳だし、まだケーキは無理かな？」

「うちのプリンだったら、小さいお子さんも食べられますよ」

「じゃあ、ぷりん！」

栗間が言い、悠は一番最初にプリンを指さした。クリームもフルーツも載っていないシンプルなプリンだ。小さな可愛らしい壺が容器になっている。

栗間は笑顔でプリンを一つトレーに載せた。

「ありがとうね、悠ちゃん。他の人たちはどうする？　どれを一緒に食べる？　とりあえず、食べたいと思うのを順番に言っていこうか」

「……これ、これ……これも」

「うん、うん、うん……いいね。どれも美味しそう。楽しみだね」

悠は促されるまま、ショーケースのケーキを指さしていった。結局ほとんど全部のケーキを指さしていたので、剣も茜も苦笑した。栗間は嬉しそうだ。

ケーキの説明を受けて、比較的似た特徴のものは外し、人数分に絞って、ようやく決定した。選び終えた悠の顔は、達成感に満ちていた。

「たくさんお買い上げありがとうございます。次はぜひ、別のケーキも食べてみてくださいね」

「ぜひ、また寄らせてもらいます」

剣がお辞儀をすると、栗間は軽く会釈した。悠がケーキを持ちたがったので、栗間は四つずつに分けて箱に入れ、軽いほうを悠に持たせてくれた。

「はい、どうぞ」

「ありがと！」

栗間が笑顔で悠のお礼に応じる。

「そうだ」

剣たちが帰ろうとすると、栗間が茜に紙を手渡した。

もらった紙はチラシのようで、茜と剣が見ると、そこには『親子ケーキ教室開催』と書かれていた。

「近隣の皆様と仲良くなれたらと思って、ケーキ教室を開く予定なんです。張り切って今からチラシを配っているんですけど、冬頃に開催します。ご両親もぜひご一緒に」

『ご両親』と言われ、剣は思わず一歩離れた。だが茜は構わず、チラシをじっと見つめている。

「ケーキ教室ってなんのケーキを作るんですか？」

「色々です。基本的なショートケーキだったり、チョコレートケーキも、チーズケーキも、プリンも。最後はクリスマス頃の予定で、ブッシュ・ド・ノエルを作ろうかと」

「……ぶっしゅ？　ど？」

きょとんとする悠に、栗間は近くに置いていたケーキのカタログを見せた。ブッシュ・ド・ノエルの写真が載っている。

「切り株みたいなケーキなんですよ。クリスマスには欠かせないんです」

「きりかぶ……き……食べるの？」

栗間はくすくす笑いながら答える。

「ブッシュ・ド・ノエルにはいくつか説がありますが、概ね共通しているのは、薪をくべて厄払いをするという伝統です」

「薪で厄払いですか？」

「ええ、キリスト教圏ではね。キリストの誕生を祝って一晩中暖炉に薪をくべたという説や、クリスマスから十二日間薪を燃やし続けられたら、一年間悪魔から守られるという説など、色々です。大きな太い薪を一本ずっと燃やし続けるという話が多くて、いつしかケーキも切株形になった……ということらしいですよ」

「へぇ……厄払いか」

初めて得る知識に、剣と茜は揃って感心した。悠も熱心に聞いている。

「これたべたら、げんき？」

「ええ。一年元気でいられるように祈って、クリスマスの日に食べるんです」

感嘆の声が、悠の小さな唇から漏れた。まるで神々しいものを見るかのようにケーキの写真を眺めると、同じ視線を栗間に向けた。

「くりすますにこれたべたら……げんきでいられる？」

「ええ」

栗間が頷く様を見て、悠の目が輝いた。

「作る！」

「そうか。じゃあ参加しようか」

「うん！」

悠の元気な声を聞いて、栗間は微笑んだ。そして、その場でチラシについていた申込用紙を切り離す。

「じゃあ、お名前をどうぞ」

剣はペンを受け取り、自分と悠の名を書こうとした。しかし、そこでピタリと動きが止まる。

「剣さん？」

茜の声を聞いて、剣はふと我（われ）に返った。

茜も、彼女の母である主（あるじ）も『宮代』という姓だ。剣も仕事の際はこの姓を使わせてもらい、『宮代剣』と名乗っている。そして、所在は不明だが、悠には一応実の母親がいる。

『宮代』という苗字を悠にも使うことに、剣は一瞬だけ戸惑（とまど）ってしまった。

（ただの、ケーキ教室の申し込みだ。悠が誰かに咎（とが）められるわけでもないし……）

剣は申し込み欄に『宮代悠』と一気に書き込み、再びペンを止める。

「茜さんも一緒にどうですか？」

「私？　私もいいの？」

　茜が尋ねると、悠は嬉しそうに頷いて、茜の裾を引っ張った。茜はやや遠慮がちに、自身の名前も記入し、栗間に紙を渡した。

「それでは、お待ちしてます」

　満面の笑みで栗間は見送ってくれた。悠は全力で栗間に手を振り、嬉しそうな様子で歩き出す。それに対して、剣の足取りは重かった。

「しっかりしてよ、剣さん。そういう不安とか悩みとか、悠ちゃんに伝わっちゃうよ」

「え⁉　そ、そうでしょうか？」

「見てないと思うでしょ？　子どもは意外と見てるよ～」

　冗談めかして言うが、あながち否定できない。

　悠は、敏感に空気を感じ取る。周囲の出来事に気を配っているのだ。実の母親の態度を察してきた癖がついているのだろうか。子どもとは思えない配慮や遠慮をするときがある。剣が隠せていると思っていても、敏感に感情の変化を感じ取っているかもしれない。まして、今のようにあからさまに落ち込んでしまっては、心配をかけてしまうだろう。

「参ったな。気を付けます」

「よろしい！　ご飯食べたら、きっと元気になるよ」

「はい……って、あれ？　悠は？」

「え？」

気付くと、前方を歩いていたはずの悠の姿が見えない。

「悠⁉」

「落ち着いて、剣さん。そんなに遠くへは行ってないはずでしょ。捜そう」

「あ、ああ……そうですね」

商店街の大きな通りを見渡しても、小さい子どもの姿は見えない。剣たちは悠の名を呼びながら、歩き回った。

遠くで自分の名を呼んでいる気がする。悠はそれに応えないと、と思うものの、そこから離れられないでいた。目の前に、か細い声で鳴き声を上げる生き物がいたからだ。

「……ねこちゃん、大丈夫？」

目の前には、真っ黒な猫がいて、じっと悠の顔をうかがっている。

悠が店を出て、ウキウキした気分で歩いていると、目の前を白い影が横切った。真っ白い猫だった。不思議なことに、猫には尻尾が二つあった。以前も白い猫を追って、車に轢かれかけたが、同じ猫だろうか。あの時は金剛に助けてもらったおかげで何事もなかったものの、伊三次たちにはとても叱られた。だが今は、車は走っていない。轢(ひ)かれる心配はないし、何よりもあの白猫は自分についてこいと言いたげだった。

ふわふわ動く白い尾に導かれるままついていくと、この真っ黒い猫が地面に伏していたのだった。子どもなのだろうか。先ほど見た白猫より一回り小さい。そして、怯えている。悠を見上げる瞳が、不安と恐怖で揺れていた。

悠が一歩近付くと、猫はぴくんと跳ね上がり、低い声で唸(うな)った。

「……かなしい？　こわい？」

頭から尻尾まで、毛が逆立っていく。敵意を向けられて、悠は思わずあとずさる。

だが、伊三次たちがよく言っていることを思い出した。

『生き物は皆、腹が減っていると怒りっぽくなる』

「……おなか、すいてる？」

当然、猫が答えるはずがない。だが悠は、そうに違いないと思った。

今、悠があげられる食べ物といえば、手に持っているケーキだけだ。これは皆で食べるものではあるが……どれか一つだけでも、あげていいものはないか。そう、思った。

そっと箱を地面に置いて、蓋(ふた)を開ける。悠を含めた四人分のケーキ、そして最初に選んだ猫形のチョコレートがある。悠はその中から、断腸(だんちょう)の思いで猫形のチョコレートを選んだ。

可愛く結んであるリボンをほどき、袋を開ける。

小さなチョコレートをちょこんと掌（てのひら）に乗せ、まだ毛が逆立っている猫に向けて、そっと差し出す。

「これ、あげる」

猫は逆立っていた毛を徐々に戻して、すんすんと匂いを嗅（か）ぎ出した。そろり、そろりと悠のもとに近付いてくる。そしてチョコレートの匂いを嗅（か）ぎ、おそるおそる舐（な）めようとした。

しかしそのとき、誰かの手が猫を止めた。

「それはあげちゃダメだ」

鋭い声に、悠がビクッと反応する。

「その猫、病気にしたいのか」

声の主（ぬし）は男の子だった。悠はこの男の子に見覚えがあった。

前に会ったときも、確かこんな風に知らないことを教えてくれた……

「さくらのせいれいさん！」

「……は？」

男の子は一瞬眉をひそめたが、すぐにピンときたらしく、こう言った。

「もしかして、前に会ったのが桜が咲いてるときだったからか？」

「やっぱり！　さくらのせいれいさん！」

「桜の精霊（せいれい）じゃない。今は桜咲いてないし、桜の木も近くにないだろ」

言われてみれば、そうだ。ではこの男の子は誰なのだろう。

悠の気持ちを読み取ったのか、男の子はわずかに眉根を寄せた。

「……煌」

「きら？」

「桜の精霊じゃなくて、俺の名前は煌」

「きら……」

悠が呼ぶと、煌と名乗った男の子は眉間にぎゅっと皺を寄せた。

「どう見ても俺のほうが年上だろ。呼び捨て？」

明らかに不機嫌な顔でそう言われ、悠は混乱した。混乱した様子を見て、煌は少し困ったように視線を逸らした。

「……せめて『くん』付けしろよ」

「くんづけ？」

「……煌くん」

「きらくん」

煌はようやく納得したように頷いた。

悠は名前を教えてもらったことで、一気に距離が縮まった気がしていた。

「ねこちゃん、なにたべる？」

花見のときと同じように教えてくれると思って、悠は尋ねる。

「とりあえず、チョコレートは猫にとって毒なんだ。絶対に食べさせちゃダメだからな」

「……ごめんなさい」

悠は素直に謝り、チョコレートを袋に戻した。そしてそれならと、ケーキの箱に視線を移す。だが、またも注意されてしまった。

「言っとくけど、ケーキもダメだからな」

「……でも、きっとおなかすいてる」

「だからって体に悪いものあげて、病気にさせたら意味ないだろ」

「……びょうき……はダメ」

悠はケーキの箱をそっと閉じた。

しょんぼりしている悠に、子猫はそっと近寄ってきた。か細い声で甘えるように鳴いている。悠はおそるおそるその背を撫でる。すると、子猫は心地よさそうな声で鳴いた。

「……白ご飯は大丈夫って聞いた」

「ごはん？」

「あとはゆで野菜とか。基本的に塩分と脂肪分の少ないものだったらいいんじゃないか？」

煌はそんなことを教えてくれた。だが悠が理解するには難しすぎた。

「えんぶん？　しぼう？」

「わかんないなら、家族に聞けよ……って、そうか……」

男の子が暗い面持ちになる。だが悠は晴れやかな顔をした。

「わかった！　けんにきく！」

「またそれか。けんって……」

以前、悠が口にしていたのを覚えていたらしい。煌は怪訝な顔をする。

「それ、家族じゃない人だろ」

「でも、けんにきいたらわかるもん」

「なんだよ、それ……」

「わかるもん！　けんのごはん、ぜんぶおいしいもん」

煌の言うことは、どうも難しい。悠には半分ほども理解できなかった。

しかし、どうも剣のことを悪く言われているらしいことはわかった。

だから悠は必死に反論していたのだが……ふと名案を思いついた。

「いっしょにごはんたべよ」

「はぁ？」

驚いている煌に構わず、悠は煌の手を取った。

「けんのごはん、おいしいよ」

「……なんで、そんな……？」

「たべたら、なかよくなる！」

まっすぐにそう言う悠に、煌は言葉をなくした。

「……猫はどうするんだよ」

「いっしょ！」

悠が当然のようにそう言うと、煌は静かに地面に置いたままの箱を指さした。

「それも持つんだろ。猫も連れてさ」

「うん」

「……じゃあ、俺の手は、持てないじゃないか」

そう言われて、悠は両手を見た。言われてみれば、そのとおりだ。

片方の手に子猫を抱き、もう片方の手にはケーキの箱を持たなければいけない。その上で煌の手を引くにはどうすればいいのか。頭を抱えてうんうん唸（うな）っている悠を、煌がじっと見つめている。悠の決断を待っているようだ。そのとき――

「悠！」

「！　けん！」

剣の声が聞こえた。必死に悠を呼んでいる。

「悠、どこだ⁉」

「剣さん、ここ！」

剣の声に続いて、茜の声も聞こえた。すると、剣が悠の視界に現れる。

「悠！　よかった……！」

剣は安堵の表情を浮かべ、悠を抱きすくめた。

剣の後ろには、茜もいる。剣たちが自分を捜してくれたのだとわかり、悠の心はなんだかぽかぽか温かくなった。そして、悠はあることを思い出した。今は一人ではない。

「けん、ケーキもって？」

「え？　ああ、いいけど……」

悠は剣にケーキの箱をそっと渡した。そして、くるりと振り返る。これで、煌と手を繫げる。だが、振り向いた先には、煌の姿はなかった。

「……きらくん？」

子猫はいる。悠はそっと猫を抱き上げ、もう一度あたりを見回す。だが、やはり煌は見当たらない。

「悠、どうした？　何か捜し物か？」

「きらくん、いない」

「……きらくん？」

悠と同じように剣も周囲を見回す。だが、周りには何もなく、首を傾げる。

「『さくらのせいれい』じゃなくて『きらくん』だった。きらくんといっしょにごはんたべるっていったのに、いない……」

「そ、そうなのか？」

煌の姿を見失ってしょんぼりしてしまった悠に、剣も茜も戸惑(とまど)った。

「にゃぁ」

「ねこちゃん！」

「……ああ、こいつがきらくんか？」

悠は一生懸命否定した。どう説明しようか迷っていると、茜が尋ねる。

「ねえ、悠ちゃん。この猫ちゃんも一緒にご飯食べるの？」

「うん！」

「え⁉」

剣は驚いた。剣の反応を拒絶と受け取ったのか、悠は悲しげな目で剣を見つめた。

「……ダメ？」

「う、いや……」

うるうるした瞳で見つめられ、完全に剣は追い詰められてしまった。

「いいじゃない。お腹空かせてるみたいだし、ご飯だけでも」

「そりゃ、まぁ……しかし、飼うことになったら……」

「ごはん、ダメ？」

悠の潤んだ瞳、子猫のか細い鳴き声……それらを前にして、『否(いな)』と言える者がいるだろうか。

「そうだな……一緒にご飯食べようか」

「だって。やったね、悠ちゃん」

「うん！」

子猫は完全に気を許しているように、悠の両腕にちょこんと収まっている。きっと、悠はその手を放さないだろう。剣は、大きく息を吐き出して、気持ちを切り替えた。

「子猫かぁ……何なら食べられるかな」

ちょうどこれから食材を買いに行くところだったからよかった。剣がそう思っていると、茜が得意げに笑う。

「ふふふ、そこは大丈夫。私に考えがあるの」

「お任せしてもいいんですか？」

「もちろん！」

どんと胸を叩く茜を、悠は目を輝かせて見上げた。英雄を称えるような瞳だ。

「よし、じゃあ悠ちゃん。猫ちゃんも一緒に食べられる美味しいお料理、作ろう！」

「うん！」

「じゃあまずは八百屋(やおや)さんからだよ」

茜の、はつらつとした声に従って、悠は颯爽（さっそう）と駆けていった。当然、子猫を抱いたまま。

「やれやれ……仲がいいなぁ」

剣もケーキの箱を持ってついていく。

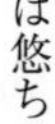

「では悠ちゃん、今からご飯を作ります！　お手伝いしてくれるかな？」

「はい！」

家に帰ると、悠と茜は勇んで手を洗ってからエプロンを身につけ、台所に立つ。先にケーキとお茶にしないかという声も上がったが、腹ぺこらしき猫ちゃんを差し置いてそれはできない、ということになった。今回は剣は出番がなく、伊三次たちとともに居間にいる。

「いいじゃねえか。茜の料理が食べられるんだから」

茜至上主義の金剛は、そう言う。

「いや、それでも料理を取り上げられたら俺の存在意義が……」

「ぐだぐだ言うな」

金剛はすげなく一蹴（いっしゅう）した。

「我（われ）らはどちらでもいいですぞ」

「茜殿の料理も絶品ですからね。作りたてを味わえて嬉しいです」

　銅と銀も口々に言う。男性陣だけが集まる居間では、とりとめもない会話が交わされる。

　だが、その輪に参加していない人物がいた。

「伊三次、どうした？　黙りこくって」

　普段は饒舌な伊三次が、今はじっと口を閉ざしていた。剣の問いかけにも、曖昧な返事を返すばかりだ。剣は不思議に思っていたが、双子たちはそうではないようだった。

　伊三次の考え事に思い当たることがあるのだろうか。銀と銅は顔を見合わせている。

「本当にどうしたんだ？　俺たちが出かけている間に何かあったのか？」

「何かあったのは、おまえのほうだろ」

　金剛が葵を抱っこして背中をトントンしながら、そう呟いた。

　剣がその言葉の意味を図りかねていると、伊三次が顔を上げた。

「剣、誰と会ったんだ？」

「誰って……商店街の人たちだけど？」

「悠は他に誰かと会わなかったか？」

「他にって言われても……あ」

　剣は悠が口にした名前を思い出した。

「誰かに会ったんだな？　どんな奴だ？」

「いや、知らない。俺は会っていないんだが、悠が『きらくん』と言ってた」

「……『きらくん』？」

伊三次が首を傾げる。

「『さくらのせいれいじゃなくてきらくん』って言ってたな」

剣がそう言うと、伊三次だけでなく、双子も眉をひそめた。その様子を見て、剣は思い出した。

「花見のとき……悠が言ってた子か？」

剣の言葉に、伊三次は静かに頷いた。

「あのときも、なんかおかしな気配がすると思ったんだ。だが危険は感じなかった。とはいえ……」

「とはいえって、どういうことだ？」

「今もまだ危険は感じない。だが、なんていうか……強いんだよ、前より」

「強い？」

「悠に何か思い入れがあるのか……前より気配が強くなってる気がする」

「いったい何者なんだ？」

「まぁ、おそらく幽霊の類いだろうな」

伊三次は考え、ぽつりと答えた。

幽霊といっても、悪さをするもの、特に何もしないものなど、色々いるが、伊三次の口ぶりだと後者のように聞こえる。

「危険かそうじゃないかは、彷徨ってる理由にもよる。悠に張り付いてる気配から、ずっと『寂しい』って声が聞こえるんだよ。微かにだけどな」

「寂しいって、まさか……悠を？」

悠を連れていこうとしているということなのか。剣はそう問おうとしたが、伊三次が制した。

「そこまではわからん……」

「子どもの霊が家族や友達を求めているのは、よくあることだろ」

そう言ったのは金剛だ。

「そりゃ、そうなんだけどもな……」

伊三次にわからないなら、剣には理解できるはずもない。

「はぁ」

剣はため息をつくほかなかった。それを不安がっていると捉えたのか、双子が剣の肩をぽんと叩いた。

「ご心配にはおよびません、剣殿」

「我らが目を光らせております。怪しげなものは近付けませせぬ」

「ああ、ありがとう」

剣はただ、曖昧な笑みを浮かべることしかできなかった。これまで聞いた話を思い返して、『きらくん』という少年を想像する。そこでふと、剣の脳内にある記憶が蘇った。

「なぁ、その子は幽霊……つまり、死んでるってことか？」

「まぁ、生霊とかもいるけど、たぶん死んでるだろうな」

伊三次の言葉で、剣の頭の中に浮かんでいた記憶が更に鮮明になっていく。

「寂しがりやで、死んでしまっている。男の子の……『きらくん』」

（まさか、な……）

首を捻りながら、剣は浮かんだ考えを振り払うように、台所から漂ってくる香りに意識を集中させた。台所では、すでに茜が調理に取りかかっていた。

先ほど買ってきた肉や卵、野菜を調理台の上にずらりと並べて、コンロの火に鍋を三つかけている。一つは水のみ。あとの二つは鰹節が入っている大小の鍋。

いい香りがしてきた。悠は、この出汁がとれるときの匂いが好きだ。

「このお出汁を何に使うかは、あとのお楽しみでーす。じゃあ、まずは野菜を切っていこうか」

茜に言われて、悠は頷いた。机の上に並ぶ野菜は数種類ある。玉ねぎ、人参、カボチャ、それにブロッコリー。いくつかの野菜については、まずは何をすればいいか、悠にもわかる。

「かわ、むく？」

「うん、そうだね。じゃあ玉ねぎと人参をお願いできる？」

悠は元気よく頷いて、玉ねぎを手に取った。もう、野菜は怖くない。この皮を剥いて、優しく料理すれば、とっても美味しくなると知っているから。

悠はゆっくりと、一枚ずつ、玉ねぎの茶色い皮を剥いていく。白い中身が姿を現す。やがて、ほんのり緑色の芽の部分と、実の真っ白な部分のグラデーションが露わになる。

「きれい！」

「うん、きれいだねぇ。上手だね。じゃあ、人参もできる？」

茜はそう言って、ピーラーを渡した。悠は、得意げな顔でそれを受け取る。

以前、剣に言われたとおり、人参に刃を沿わせて、下に滑らせていく。

すると、シュルシュルと橙色の皮が滑り落ちていく。皮を剥くと、更に鮮やかな橙色の瑞々しい中身が現れた。悠はもう何度も皮剥きに挑戦していて、今では一度もつかえることなく滑らかに剥くことができるようになっていた。

「できた！」

「おぉ！　上手だね。いっぱい練習したんだね」

茜に頭を撫でられて、悠は照れくさそうに笑った。

悠がちらりと茜の手元を見ると、すでに他の野菜を切り終えていた。ブロッコリーは洗って房ごとに切り分けられ、カボチャは一口サイズに切って、面取りまで済ませてあった。

剣と並ぶ手際のよさに、悠は驚く。

「よし、じゃあこっちも切っていくね」

そう言うと、茜は玉ねぎの上下の部分を切り落とし、薄切りにしていく。真っ白だった玉ねぎが、半透明になる。次に人参を手に取り、ヘタを切り落とす。そして、四等分にしてから薄切りにしていく。見事ないちょう切りだ。こうして、切られた野菜はそれぞれボウルに入り、黄色、橙色、緑、白、の鮮やかな山が出来上がった。

「じゃあ次は、お肉を切ります」

「？」

冷蔵庫から取り出した鶏肉を見て、悠は首を傾げた。

この肉は精肉店で買ったもので、すでに一口サイズに切り分けられている。切る必要はないはずだ。そんな悠の様子を見て、茜は居間を指した。

「これは、猫ちゃんや、葵ちゃん、悠ちゃんの分。私たちと同じ大きさじゃ食べにくいでしょ？」

「うん！」

納得すると、悠は茜の手元をじっと見つめた。

茜は一口サイズになっている鶏肉をいくつか取って、包丁を入れた。数センチ四方の大きさだったものを、更に細かく切っていく。

お湯だけの鍋には小さく刻んだ肉と、玉ねぎを抜いた野菜を入れる。次に出汁が入った小さい鍋にも細かく刻んだ肉と野菜を入れ、少しの調味料で味付けしていく。最後に出汁が入った大きな鍋には砂糖、醤油、みりんなどの調味料を多めに入れ、一口サイズに切った材料をすべて入れる。子猫の分、悠と葵の分、そして大人たちの分と、三つに分けているのだ。

さっと混ぜると蓋をして、茜はコンロから離れた。

「よし、じゃあ火が通るまで待とう！」

「いいの？」

「うん、吹き零れないように気を付けていれば大丈夫。ご飯は剣さんが炊いておいてくれたし。あとは……卵を溶いておくくらいかな」

卵はすでに机に置いてある。そして悠は、卵を割るのが得意だ。

『まかせて！』と言いたげな表情から、茜は悠の気持ちを汲み取った。

「たくさん割らなきゃいけないし、もう準備しておこうか」

「うん！」

買っておいた卵十個パックを開けて、一つ一つ、取り出してはボウルに割り入れていく。

悠の力加減はばっちりで、すべてを割ると、ボウルの中には黄色くてまん丸な黄身が十個、ふわふわ浮いていた。悠も茜も満足げにそれを眺める。

お月様がたくさん並んでいるみたい、と悠は思った。その横で、茜が泡立て器を手にする。

「じゃあ溶きまーす」

そう言い、茜は黄身に泡立て器を突き立て、一気に潰した。お月様が揺蕩う様子にうっとりしていた悠は、少しだけショックを受けた。大胆な性格が剣に似ている、とも思った。

そう思っている間にも、ふわふわ浮かんでいたまん丸い黄身は、あっという間にとろっとした黄色い液体に変わっていく。悠にとって、ボウルの中の満月が崩れていく様は少し悲しかったが、茜の手でみるみるうちに卵の形が変わっていくのは、ちょっと楽しかった。

すべての黄身が溶けた頃、火にかけていたうちの、小さな鍋二つがぶくぶく威勢のいい音を上げた。

「お、いい感じだね。じゃあ、卵入れちゃおう」

茜は小さな鍋二つから野菜を取り出し、肉だけ残ったところに溶いた卵をそっと流し入れた。鍋が小さいので、ほんの少しずつだ。少しずつ卵が流れていき、金糸のように鶏肉と絡み合う。お玉でそっとかき混ぜると、織物のようにふわりと浮かんだ。

浮き上がったそれを、鍋から取り出して、細かく切った野菜の上にそっと載せる。

「ねこちゃんの、できた?」

「うん、猫ちゃんと、悠ちゃんと葵の分が完成!　さて……私たちのも、できたかな」

先ほどから、大きな鍋からもいい香りがしていた。茜が蓋を取ると、真っ白な湯気とともに、美味しそうな香りが弾けるように飛び出した。

「おいしそう！」

「じゃあ、ここに卵を入れましょう」

そう言って、茜はボウルに残っていた卵をすべて、大胆に流し入れる。

今度は肉も野菜も全部一緒に絡み合っていく。

悠と茜はにっこり笑い合い、食器棚からどんぶりを人数分取り出した。

茜が炊飯器を開けると、熱気がむわっと押し寄せる。その奥には、真っ白でつやつやのご飯がある。悠がどんぶりを一つ一つ手渡し、茜がしゃもじでご飯を大きくかき回してからよそう。食いしん坊ばかりなので、皆大盛りだ。そして、それらすべてに先ほど作った野菜たっぷりの卵とじを載せていく。汁も入れることを忘れない。

真っ白ご飯に卵とじとつゆをかけて、そっと蓋をすれば完成だ。

「よし、できた！　野菜たっぷり親子丼、猫ちゃんもいっしょに召し上がれバージョンだね」

悠と茜はもう一度ニッコリ微笑み合い、どんぶりをお盆に載せて、居間へと向かったのだった。

居間ではローテーブルを二つくっつけて、皆でご飯を待ちわびていた。

子猫は縁側に座らせている。悠の両隣は剣と茜だ。茜の隣には金剛と抱っこされた葵、剣の隣には伊三次、その隣に銅と銀がそれぞれ座った。

全員の前にどんぶりが行き渡ると、皆の視線が悠に向かう。皆、ある一言を待っているのだ。茜と剣に促され、悠は代表して両手を合わせる。

その場の全員、悠に倣って手を合わせて、声を揃えて言った。

「「「いただきます！」」」

一斉に蓋を取ると、湯気と香りがどんぶりから飛び出した。

現れたのはたっぷりの野菜で彩られた、親子丼だ。つゆが沁み込んだご飯は、うっすら飴色に染まっている。卵でとじた野菜と、鶏肉とご飯を一緒に掬って、ぱくっと一口放り込む。すると口の中に優しい味がじんわりと広がっていく。

「うーん、美味い！　やっぱり茜さんの飯は絶品だな」

先陣を切ってそう言ったのは、伊三次だ。双子たちもそれに続いて、尊敬の眼差しを茜に向ける。ただし、口の中には親子丼がいっぱい詰まっているため、何も言えないようだ。

茜は金剛と協力して、葵にスプーンで食べさせてあげている。葵は小さな口でぱくっと食べて、咀嚼するたび顔を綻ばせる。

「うん、お母さんのご飯は最高だな、葵」

喜ぶ葵の口を拭いてあげる金剛も、顔が緩んでいる。

「やだなぁ、皆して……褒めすぎだよ。ね、剣さん？」

「いえ、本当に美味しいです。な、悠？」

剣が悠を見ると、悠はぶんぶん音がしそうな勢いで頷いている。

「悠ちゃんがお手伝いしてくれたおかげだね」

茜にそう言われて、悠は誇らしげに笑った。次いで、子猫に視線を向けた。

葵や伊三次たちは気に入ってくれたようだ。でも、子猫はどうだろうか？

悠につられるように、剣も伊三次も双子たちも、そろりと子猫を見る。

すると……

「食べてる！」

子猫は、最初はすんすん匂いを嗅いでいたが、おそるおそる一口かじり、二口かじり……

やがてぱくぱく食べ進める。あっという間に、子猫の皿は空っぽになってしまった。

食べ終えた猫は、満足げに一声鳴いた。その声を聞いた悠が、とびきり嬉しそうに笑う。

「やったね、悠ちゃん」

「うん！」

ハイタッチして喜び合う悠と茜を見て、剣はほんの少しだけチクリと胸が痛んだ。

目を逸らして、もう一口、親子丼を口に含む。優しい味わいが全身に広がっていく。食べた者を優しく潤す味。ふんわりと包まれていくような、体の芯からぽかぽかする温かさ。

（ああ、あの人の味だ……）

剣は目の前のどんぶりに、懐かしく愛おしい人の面影を見た。

この一皿を作ったのが、悠と茜であることが、剣の胸の内に温かな感情を生み出した。大きな波が押し寄せて、あれこれ考えていた言葉をすべて呑み込んでいく。

知らぬ間に、それは剣の頬を伝っていた。

「けん、ないてる？」

悠の言葉で、自分が涙を流していると、剣はようやく気付いた。

「あ、あれ……？」

拭っても、不思議なことにまた流れてくる。堰を切ったようにとめどなく溢れた。

伊三次たちも、そして茜も驚いている。

溢れてくる涙は、拭った剣の手からぽろぽろ零れ落ちていく。

そこに、そっと小さな手が添えられた。

「え……？」

小さくて温かな掌が、零れ落ちる涙をそっと拭いてくれた。

「けん、かなしい？」

悠が、剣の顔を覗き込んで、心配そうに眉を寄せている。その柔らかな手を、剣はそっと包み込んだ。

「うん、うん……大丈夫。俺は、大丈夫だよ」

（あの人の味だ。もう二度と食べられないと思っていた味だ。知識や技術だけではない何かが、この一杯には詰まってる。あの人の味は茜さんに受け継がれている。そして今、悠にも伝わった）

だから、涙は止まらないが、剣は悠と離れ離れになってしまっても大丈夫だと思えた。

心配そうな面持ちだった茜も、剣の思いに気付いてくれたらしい。視線をどんぶりに向けてから、クスッと剣に笑いかける。伊三次が剣にティッシュの箱を差し出す。

「……ありがとう」

悠や茜はいいが、剣は伊三次にはなんとなく見られたくなかった。剣はお礼を言いつつ、顔を背けたまま箱を受け取る。

「あー……俺は食うのに夢中で何も見てねえぞ」

「私たちもです」

「う、美味い親子丼ですからなぁ。他には何も見えませぬ」

ちらりと見ると、伊三次は目を逸らしており、双子たちは壁を向いて親子丼をかき込んでいた。金剛も黙々と葵に食べさせている。

「……俺は葵と茜しか見えてねえ」

「……だって」

茜は苦笑いして、自分も葵にご飯を食べさせるのに戻った。

気付けば、悠と剣のもとに近付いてきった子猫だけがそっと見上げていた。

「おまえにも心配かけちゃったか。ごめんな」

そう言って剣が猫を撫でてやると、子猫は心地よさそうに一声鳴いた。

すると、ここにいる人間とは別の声が響いた。

「やれやれ、焼きが回ったね。子どもに心配されるなんてさ」

剣は思わず、目の前の子猫を見た。だが子猫はきょとんとして可愛らしく鳴くばかりだ。

悠と目を見合わせ、次いで茜と、そして伊三次、銅・銀とも目を合わせた。だが、全員首を横に振っている。誰の声なのか……と考えていると、縁側にふわりと影が一つ舞い降りた。

「久しいね、剣。その飯、私の分もあるんだろうね」

縁側に一匹の猫が立っている。真っ白な美しい毛並み。夜のように深い藍色と神々しさを感じる金色のオッドアイ。そして、見る者を翻弄するように優雅に揺れる二本の尾。

悠以外の者が、一斉にその名を口にした。

「「「千代様⁉」」」

悠は狼狽えていたが、不思議と怯えてはいない。むしろ、千代へ向けて手を差し出した。

「ねこちゃん……またあえた」

千代は喉の奥を鳴らし、そして全員をくるりと見回して、告げた。

「ああ、来たよ。家族を求める寂しがり屋の魂を迎えに、ね」

その言葉に、皆が息を呑む。

千代は、猫の姿をした神だ。その昔、まだ普通の猫だった頃は、たいそう仲のいい夫婦に飼われていた。子に恵まれなかった夫婦は、我が子の代わりに千代を可愛がった。

だが夫婦は引き離されてしまい、悲しみにくれた千代は引き離された家族や、家族を失ったものたちを助けたり、癒したりするようになった。

するとその話が徐々に広まり、千代はいつしか祀られるようになったのだった。今では家族の縁を結ぶ神となって、色々なところに出没している。

かつての主が作る料理を求めて、千代は昔からこの家に出入りしていたので、悠と葵以外の全員は千代が神様だということを知っている。

そんな千代が、突然剣たちの前に現れ、こう告げたのだ。

『家族を求める寂しがり屋の魂を迎えに』来た、と。

それはいったい誰を指すのか、皆が固唾を呑んで、次の言葉を待つ。

「あの……それは……？」

そうあってほしくない。剣は思いながら、ちらりと悠に視線を向けた。

剣が耳を塞ぎそうになったそのとき、千代はゆっくりと告げた。

「そいつのことだよ」

そう言って千代は、前足を突き出した。指し示したのは、悠……の近くに座る子猫だった。自分のことを言っているとわかっているのか、子猫は一声鳴いて返事をした。

「……へ？　猫？」

予想外の答えに、剣が気の抜けた声を出す。

「他に誰がいるんだい？」

「あの～、千代様。俺たちには何がなんだか……ご説明いただけませんか？」

問いかけたのは、伊三次だ。

「なんだい伊三次。ちょっと見ない間に随分と察しが悪くなったね。神通力が鈍ってるんじゃないのかい？」

「はぁ……面目ない」

やや理不尽だが、千代に言われてはこの場の誰もが反論できないのだった。

「この子猫はね、遠い街で親子で飼われていたようなんだが、なんの間違いかここまで来ちまってね。帰り道がわからないようだったから、私が連れ帰ってやることにしたのさ。飼い主も親猫も、そりゃあ心配してるからね。わざと、そこの子に見つけさせたんだよ」

千代が今度は悠を前足で指しながら言う。

「はぁ、それは……よかった。ですが、何故わざわざそんなことを？」

「この子に見つけさせれば、剣のところに行くだろう」

「俺ですか……？　何故俺に？」

急に名を呼ばれて驚いた剣は、慌てて尋ねた。千代の二本の尾がゆらゆらと揺れている。

「この子猫、腹が減ってたみたいだから。剣なら、何か美味しいものを食べさせてくれるだろうと思ってね」

「あの……俺は定食屋ですか」

「似たようなもんさね。はぁ……ここまで来るのに疲れたよ。剣、私にもその飯をくれないか」

「は？　え、はい……」

千代は言い出したら、誰の言うことも聞かない。剣は立ち上がり、台所へと向かった。千代は次いで、悠に告げる。

「膝(ひざ)に乗ってやるから、背中を撫(な)でな」

悠は困惑して、千代と茜を交互に見た。

戸惑(とまど)っている間に、子猫まで悠に近寄り、顔をすり寄せて鳴く。

悠はおずおずと、千代と子猫、両方の背中にそれぞれ手を沿わせた。白い猫と黒い猫、両方がごろごろと気持ちよさそうに鳴いている。

悠は優しくその背を撫(な)で続(つづ)けたのだった。

第四章　きずな『むすび』

まっしろなけむりがのぼった。

あったかいごはんは、雪をもっともっとしろくするような、ゆげをのぼらせて、冷たい手をあったかくつつんでくれた。

けんのごはんは、ぜんぶそう。

どんなにさむくても、どんなにかなしくても、ぜんぶぜんぶ、あったかいゆげでくるんじゃうんだ。

だからね、あの子にも食べてほしいとおもった。

食べたいものがあるって、ないてるあの子に。

❖

今日も今日とて、悠は縁側で千代の背を撫でて、一緒に日向ぼっこをしている。

迷子だった子猫を、遠く離れた親猫のもとへと連れ帰った千代は今、すっかり剣の家に居座っている。家に帰れて子猫は喜んでいたと千代から聞いて、悠は我がことのように喜んだ。そして、進んで千代の背中を撫でる役目を買って出たのだった。

あれ以来、千代は縁側でひなたぼっこをし、ご飯を食べて、気まぐれに散歩に出かけたかと思うと二、三日戻らず、戻ってきたらまたひなたぼっこ……そんなことを数か月も繰り返していた。焼けつく暑さは過ぎ去り、今は十一月である。

「あの、千代様……こんなに長い間、ずーっとここにおられて、いいんですか？」

「何か障りでもあるのかい？」

「いえ、そういうわけでは……」

そう言いつつ、剣の視線はチラチラと玄関に向いている。

実は今日は、茜たちが来るのだ。それだけなら、千代には居間で寛いでもらっておけばいいだけなのだが、今日は茜たちと長時間出かける予定があった。

「なんだい？　私の眠りを妨げるほどの大事な用事でもあるのかい？」

「大事と言えば、大事です」

剣のその言葉に、悠は無邪気に頷いた。

「ケーキ！」

悠の言葉に、千代が眉をひそめる。

「ケーキ？　あのなんだかふわふわした洋菓子かい。あれがどうしたって？」

するとドアチャイムが鳴った。玄関が開いて、元気な声が聞こえてくる。

「剣さん、悠ちゃん！　ケーキ教室行きましょー！」

そんな茜の声を聞いて、千代は首を傾げた。

「教室？　これから行くのかい？　聞いてないよ」

「まぁ、そうです」

そんなことを言っていると、茜が金剛を引き連れて居間に現れた。

「あ、いたいた。遅くなってごめんなさい。それじゃ行こうか」

今日は『Poche d'amour』の栗間によるケーキ教室の初日なのだ。

屈託なく笑う茜を見て、千代は剣に嫌みっぽく言った。

「なるほど、皆で出かけて、私のことは置いてけぼりにするつもりだったと……随分な扱いじゃないか」

「そんなつもりは……千代様には俺たちが留守の間、お好きなように寛いでいただければ……」

「ごめんなさい、千代様！　お土産持って帰りますから！」

深々と頭を下げる茜を見て、千代はうっすら目を細めると、静かに立ち上がった。

「お土産か……あんたたちの誠意を見せてもらおうじゃないか」

「ありがとうございます。期待しててください！」

千代はぷいっとそっぽを向いているが、尻尾がぴんと立っている。ケーキが楽しみなようだ。ちなみに普通の猫にケーキは厳禁だが、千代は神なので大丈夫らしい。この様子からして、決してケーキが嫌いではないようだ。剣は安心して悠を茜のほうに行くように促した。そして縁側にいる千代に、せめてもの償いとしてふかふかの座布団を用意する。

「あー……じゃあ、千代様、金剛さん、葵くん、留守番よろしくお願いします。好きに寛いでいただいてけっこうですので」

そう言って、剣は悠と自分の鞄を持って玄関に向かおうとした。その腕を、誰かががっしりと掴む。剣が振り向くと、それは金剛だった。何やら険しい顔をしている。

「あの、どうかしましたか……？」

「おまえ……何考えてやがる」

「は？」

背中におぶった葵を刺激しないようトーンを抑えているが、刺々しい声だ。憤怒の表情と合わさると、怖い……その表情のまま、金剛は座布団に優雅に座る千代を指した。

「俺とあの猫を二人きりにするつもりか」

『犬猿の仲』ならぬ『犬猫の仲』とでも言おうか。この二人の折り合いがよくないことを知っていたのに、なんとかなるだろうと甘く考えていたことを、剣は悔やんだ。

「私はこの家に住んでいるも同然なんだ。おおいに寛ぐさ。だが、こんな狛犬風情と一緒とはどういう了見だい？」

「あの……千代様、金剛さんは留守番を買って出てくれたので」

「そういうことだ。猫一匹で何ができる。大人しく昼寝でもしてろ」

どうやら、喧嘩開始のゴングが鳴ってしまったようだ。

「なんだい、相変わらず敬うことを知らない犬ころだねぇ」

「俺の敬意は安くねぇ。あんたにやる分なぞ残ってないんだ」

なんとかなるどころか、敵意が溢れて火花が散っている。二人きりにしたら、確実に騒ぎになるのが目に見えていた。

玄関にはすでに茜と悠が靴を履いて待っている。そして居間では、千代と金剛が今にも掴み合いになりそうだ。両方に視線を送り、剣はしばし迷った末に告げた。

「お、俺は残ります……！」

剣は泣く泣く悠と茜を見送り、重苦しい空気の居間に残ることにしたのだった。

商店街の中にあるパティスリー『Poche d'amour』は、今日は定休日だ。それなのに、店の中は女性でごった返している。

たくさんのテーブルが並べられて、それぞれに数人の女性がいる。

「こんにちは、皆様。オーナーの栗間です。本日はたくさんの方に起こしいただき、本当に嬉しいです。皆さん、今日は一緒に美味しいケーキを作りましょうね」

栗間のこの爽やかな笑顔見たさか、はたまたケーキの味に魅了されたのか、参加人数はあっという間に満員になったのだとか。

悠と茜は、これから何が始まるのか楽しみにしていた。

「では今日は、火を使わないお菓子から……」

栗間が今日作る予定のレシピを配っていく。一人ずつ配り、茜と悠のもとに来たときに立ち止まった。

「ああ、あのときの……来てくださってありがとうございます」

栗間はニッコリ笑って、茜にレシピを手渡した。そしてきょろきょろと周囲を見回して、悠に尋ねた。

「……今日は、お父さんはお越しではないんですか？」

悠がきょとんとしていたので、茜が代わりに答える。

「あの人は今日はちょっと……家から出られなくなりまして」

「ご病気ですか？」

「そうじゃないんですよ。のっぴきならない状況というかね……あはは」

事情を上手く説明できない茜は、とにかく笑ってごまかした。栗間は首を傾げていたが、次の参加者にレシピを配るために離れていった。

茜がホッとしていると、今度は悠が茜の袖をつんつん引っ張った。

「……けんって、はるの『おとうさん』なの？」

「え？」

思いも寄らない言葉だった。そのつもりだと思っていた茜は、言葉に詰まってしまった。

これまで、剣は悠に自らを父親と伝えることは避けていた。

剣は自分で確信を持てないうちは、そう思っていても言葉にできないのだ。

それが剣の優しくていいところだと、茜は分かってはいるが、そのせいで悠に疑問を持たせてしまっている。

（……しょうがない人だなぁ）

茜は真正面から悠の瞳を見つめて、力強く頷いた。

「うん、そうだよ。悠ちゃんのお父さんは剣さん。二人は、ちゃんと家族なんだよ」

「かぞく……？」

『家族』という言葉を、悠は繰り返し呟いた。まるで美味しいものを大事に噛みしめるように、何度も何度も。その真剣な面持ちが、悠の想いを表している。

「悠ちゃんは、剣さんが大好きなんだね」

そう言われて、悠は顔を上げた。『家族』という言葉にはピンときていなかったが、自分の気持ちは分かるらしい。

「うん！　けん、だいすき！」

悠は、大きく頷いて、大きな声で言った。

❖

悠と茜がケーキ教室に行っている頃、留守番をしている者たちは、まだピリピリとした雰囲気だった。金剛は居間で葵を寝かせて、それをじっと見守っている。千代は剣が出した座布団に寝転び、ひなたぼっこの最中だ。日が傾くと、座布団の位置を剣に変えさせて、常に暖かい場所にいる。ちなみに剣の膝に乗ろうとはしない。寝心地が悪いとのことだ。

「はぁ……」

剣の深い深いため息が静かな居間に響く。それにも、千代と金剛は無視を決め込んでいる。何か言えば、また火花が飛び散ることになると、お互いに理解しているからだ。

そんな一触即発の二人に挟まれて、剣は疲弊しきっていた。

（悠、茜さん……早く帰ってきてくれ……）

剣は二人には楽しんできてもらいたいと心の底から思っているが、この状況が早く終わってほしいと切実に願っている。自分にはどうにもできそうにない。

その重苦しい沈黙を破ったのは、千代だった。

「あのおチビさん……」

「……悠のことですか？」

「そうそう」

千代が顔を上げた。

「いい名前だね。あんたがつけたのかい？」

「え？　は、はい……そうです」

「そうかい。剣に任せて正解だった。あの子が今、満たされているのがよーくわかるよ」

千代は深く頷いていた。悠が満たされていると言われ、剣は胸が熱くなっていくのを感じた。家族の絆を結ぶ神にお墨付きをもらえたのだ。だが、ひっかかる言葉があった。

「あの千代様……今なんて仰いました？」

「『あの子が今、満たされている』って言ったよ」

「その前です。俺に任せたとかなんとか……」

「言ったね。それが何か？」

「こちらが聞きたいです。どういう意味なんですか……？」

剣が詰め寄ると、千代は急に面倒くさそうな顔をした。

「なんだい。過去のことを掘り返してどうしようっていうんだい。いいじゃないか、あの子は今幸せそうなんだから」

「これからも幸せでいさせてやるために、ときには過去を遡る必要もあるんです」

「そうは言うが、あんたも……あの部屋を見たんだろう？」

剣は答えようとしたが、できなかった。代わりに小さく頷いた。

悠が母親と住んでいたあのひどい部屋について、口にすることも躊躇われた。

「あれがすべてさ。あの部屋を見たあんたに、これ以上言うことはないよ」

「あるでしょう。小さい悠がどうやって俺のもとまで来たのか、ずっと不思議だった」

千代は反論せず、黙って剣を見ていた。

「確かに悠の住んでいた部屋に行きました。ここから電車で三駅もある場所です。あんな遠くからここまで、飢えていた小さな子が、どうやって歩いてきたのか。悠に聞いてもよく覚えていないようだし……本当に歩いてきたなら、道中で誰かが保護するに決まってる。俺が帰宅するときにちょうど玄関にいたのもタイミングがよすぎる。これらはすべて、千代様がしたことだったんですか」

剣の鋭い視線を、千代は真正面から受け止めていた。藍と金の瞳には、悠のことを思う真剣な様子の剣が映っていた。

「……ああ、そうさ。一人ぼっちでお腹を空かせた可哀そうな子がいた。だから、あんたのもとへ送った。あんたは誓いどおり、あの子を救った。そういうことさ」

千代はそっけなかった。

金剛は首を傾げる。葵の横に添い寝しながら、視線だけ剣に向けていた。

「よくわからんな。その『誓い』ってのはなんなんだ？」

そう問われ、剣は金剛を見た。真剣な面持ちで金剛を見つめている。

「なんだよ。そんなに重大なことなのか？」

「金剛さん。これから話すことは、茜さんにも悠にも内密でお願いします」

剣の真剣な雰囲気を感じ取った金剛は起き上がり、まっすぐに剣を見た。

「俺は、あの日……主がこの世から去った日に消滅するはずでした」

「なっ……!?」

大きな声を出しそうになり、金剛は慌てて声を潜めた。剣はかまわず話を続ける。

「俺はもともと、主の思いに応えて顕現した。夫と死に別れ、娘も独立し、この家にただ一人残された寂しさを抱えた彼女が、生み出した存在です。彼女がいなくなったなら、その役目を終えるのは当然でしょう」

「……だが、こうして生活している」

金剛がぽつりと呟く。

「ええ。千代様のおかげです」

金剛の視線が、ゆったり座る千代に向いた。千代は尻尾を揺らすばかりで、何も語ろうとはしない。

「千代様は、わかっていたんです。俺が彼女の存在なくしては、この世で生きていけないことを。しかし、俺は彼女の思いと料理を継ぎたいと強く願っていました」

「……あんたは、わかりやすいからねぇ」

千代がくつくつと笑う。剣は苦笑して続けた。

「千代様は、神の力で俺に少しだけ時間をくれました。歴代の主たちから受け継いだ技術と志で、人のために尽くすことを条件に」

「……尽くすというのは？」

「料理で尽くすんです。美味しいもので身も心も満たしてあげる、素晴らしい思い出を作る、お腹を空かせて泣いている者を救う……など」

「……あのチビのようにか？」

剣は、静かに頷いた。

「まさかその誓いのために、千代様が連れてきてくれたとは思ってませんでしたがね」

「別に誓いがなくたって、あんたならそうしたろう？」

「事前に一言くらいは欲しかったですかね」

こともなげに言う千代に、剣は苦笑いで返す。金剛は渋い顔で剣を見つめている。

「ええと、それで……」

「いい、話すな」

金剛は急に話を遮り、また寝転んでしまった。

「えぇ？　まだちょっとだけ話が……」

「それ以上聞きたくねぇ。考えてもみろ。なんで茜にもチビにも言えないことを、俺が知らなきゃならねぇんだ。何かあったとき、俺から説明させる気か？　おまえの口から伝えろ。俺は知らん」

「それはそうですが……」

剣がまだ何か言おうとした、そのとき……

「「ただいま！」」

玄関でとびきり元気な声が響いた。剣も、千代も、金剛も、玄関のほうを見る。

三人で視線を交わし、苦笑した。

「……話は、ここまでのようだね」

千代がそう言うと、金剛は起き上がり、ひょこっと玄関を覗いた。

大きな足音が居間に迫る。全速力で駆けてくる。

「けん！」

居間に駆け込んできた悠は、目を輝かせていた。何か嬉しいことでもあったのだろうか。

「おかえり、悠……どうした？」

悠は、剣の姿を見るなりぎゅっと抱きついて、離れなかった。何も言わず、ただただ腕に力を込めている。いったいどうしたことか、剣が茜に視線を向けても、茜はくすくす笑うばかりで答えてくれない。

「悠、どうしたんだ？　ケーキ教室楽しかったか？」

剣が尋ねるも、悠は何も言わない。

「……しょうがないなぁ、あなたたちは」

茜はそんなことを言って苦笑いを浮かべているが、剣はなんのことかさっぱりわからない。

「しょうがないって、何がでしょう？」

「あーいいのいいの、こっちの話。悠ちゃんと私だけの秘密」

「は？」

剣にはますますもってわからないが、茜も悠も教えてくれる気はなさそうだった。

仕方なく、剣は二人が持っているケーキの箱に視線を移した。

「それじゃ、お土産の中身を聞いてもいいですか？」

剣が話題を逸らすと、悠も茜も揃って得意げな笑みを見せた。大仰（おおぎょう）な仕草で箱をテーブルの上に置き、いやに時間をかけて蓋（ふた）を開けようとする。

「ふふふ……自信作なんだよ。今日の教室のお題はなんと……」

茜が開けて中を見せる。そこには、真っ白なプリンのようなお菓子のカップが、人数分入っていた。

「お、ブランマンジェですか」

「……剣さん、そこは悠ちゃんに紹介させてあげるところでしょ」

茜に言われて、剣はしまったと思った。見ると悠は、自分の台詞を先に言われて戸惑（とまど）い、そしてちょっと悲しげだった。

「あ、いや……えーと俺なんて言ったっけ？　ぶらん？　まんじゅう？　えーと、なんて言うお菓子だっけ？　なあ悠？」

あれこれごまかしてみるのだが、悠の表情が晴れる気配はない。

「剣さん、遅いよ」

「本当にあんたは、料理以外はからきしだねぇ……」

「もういいから、お茶淹（い）れてこいよ」

茜、千代、金剛に口々に言われて、剣は従わざるを得なかった。項垂（うなだ）れる剣を、茜が慰（なぐさ）めつつ、台所まで同行してくれたのだった。悠は、何故か落ち込んでしまった剣を見て首を傾げていた。自分が何かしたのだろうか、と考え込んでいる。

「剣のあれは自業自得……あんたが気にしなくていいさ。それより、これはなんだい？」

「ぶらまんじ！」

「……ブランマンジェ、な」

千代に問われ、悠は張り切って答える。

金剛に訂正されても、悠は嬉しそうに笑った。早く食べたくて待ちきれないのだ。

箱の中には、真っ白で柔らかなブランマンジェが並んでいる。

プリンと似ているが、少し違う。アーモンドの香りがたっぷり香ってくる。そして上にはフルーツのソースがかかっており、見た目も鮮やかだ。

悠と茜が出来上がりを試食したらとっても美味しかった。これならば、きっと剣も喜んでくれるに違いないと、悠は反応を楽しみにしているのだ。

「むふふ」

悠の口から変な笑いが漏れた。ぷるぷるしているブランマンジェが壊れないように、そっと持ち上げる。そのとき、庭が悠の視界に入った。

そこにいる人物を見て、悠は一瞬驚いた。しかし、すぐにテーブルの上のブランマンジェに視線を移す。ブランマンジェは全部で五個。今、この家にいる人数分ちょうどだ。

「うーん……」

悠は考えたあと、ゆっくり歩き出した。

そして千代にも金剛にも、眠っている葵にも目もくれず、まっすぐ縁側に進んでいった。

庭に佇み、それ以上踏み込もうとしないその人物に向かって。

悠は満面の笑みで、真っ白なカップを差し出した。

「はい、どうぞ。きらくん」

「まったく剣さんは不器用というか、時々空気が読めないよね」

「面目(めんぼく)ない……」

台所へやってきた剣は、お茶を淹(い)れながら茜にこってり絞られていた。この世に顕現(けんげん)してから今まで、主(あるじ)と茜にはまったく頭が上がらない。

「やっぱり俺には、親になるなんて難しいんですかね……」

なんとも情けない声で、剣がぽつりと呟いた。すると、急に茜の視線が鋭くなる。

「剣さん、怒るよ」

「え……？」

剣が顔を上げると、茜の両手が伸びてきた。剣の頬を思い切りつねってぐりぐり回している。

「い、痛いです……！」

「剣さんが悪いんでしょ」

なんのことかわからずに剣が首を傾げると、茜は更に力を込めて頬をぐいぐい引っ張った。

「いい？　剣さんができないことは、法律や行政上の手続きだけ。親になることは剣さんでもできるんだよ⁉　たとえこれから私の家で悠ちゃんを預かったって……」

「いや、でも……」

「でもじゃない！　私に相談したのも悠ちゃんのことを思ってでしょ？　もう立派な父親だよ」

「それは……」

ようやく茜の手が放れた。だが剣の頬はまだじんじん痛んでいた。

「剣さんはわかってない。自分が悠ちゃんにとってどんな存在なのか」

「俺が、悠にとって……ですか？」

茜は頷くが、剣はまだその意を図りかねている。

「まぁ、悠ちゃんも恥ずかしがり屋さんだから、まだ伝えられてないんだろうけど……そこは大人の剣さんが察してあげてもいいんじゃない？」

「は、はぁ……努力します」

茜の表情は、まだ険しかったが、ひとまずは落ち着いたようだ。

剣呑（けんのん）な空気が和（やわ）らぎ、茜は苦笑いを浮かべた。

「剣さん、お母さんがよく言ってたでしょ？　『人間には欠陥があるもの、補い合えば大丈夫』って」

「ええ、覚えています」

「だったら、自信をなくさないで。一つや二つできないことがあっても、それは他の誰かを頼っちゃえばいいの。剣さんには、補ってくれる人がいるでしょ？　私や、伊三次さんや、他にもたくさん……」

茜の手が、つねられて痛む剣の頬を優しく撫でた。

かけられた言葉の一つ一つが、剣の心に沁み込んでいくようだった。茜に厳しいことを言われるといつも、剣はまるで姉に叱られたかのような気分になるのだった。

「……本当に、面目ない。こんなデカい図体をして、情けないことを言いまして」

「わかればよろしい。おおいに反省して」

「はい」

剣が神妙に頭を下げると、我慢しきれないとばかりに茜が噴き出す。それを見て、剣もつられて笑い出す。どうしてかわからないがおかしくて、先ほどまでの重苦しい雰囲気はすっかり消え去っていた。

「おい……」

しかし、二人の笑い声の間に割って入るように、低い低い声が響く。

「ひっ……金剛さん⁉」

眠っている葵を抱いたまま、金剛は無言で剣を睨みつけ、足早に近付いてきた。

剣は一歩あとずさるも、金剛はあっという間に剣の鼻先まで来て、静かに告げた。

「おい、チビに客人が来てるぞ……おまえ、ついていってやれ」

「……はい？　客人？　いつそんな……？」

剣が尋ねた、そのとき――

「……ひっく……う、うぅ……」

悠が、すすり泣く声がした。剣は、考えるより前に駆け出していた。

❖

煌は、突然現れた。まるで霧のように姿を現わして、じっと悠のことを見つめていた。

悠が得意げに差し出したカップを、煌は無機質な瞳で見つめる。そして、告げた。

「いらない」

また『いらない』と言われてしまった。しょんぼりして俯く悠にかまわず、煌は尋ねた。

「あの猫、どうしたんだよ」

煌は庭を見回している。あの黒い子猫のことを捜しているのか。

「かえった」

「……捨てたのか？」

　吐き捨てるように煌は言う。悠は必死に首を横に振って否定するが、煌にはまるで目に入っていないようだった。

「やっぱりな。拾われた奴なんてお荷物なんだ。いずれ捨てられるんだ」

「ちがう……」

「違わない。おまえもそうだ。いつか捨てられて、悲しい思いをするんだ。それなら……」

　ふわりと、煌の手が悠の前に差し出される。悠が目を瞬かせていると、煌は微笑んだ。

「俺と一緒に行こう。そうすれば、もう寂しくないから」

　煌の笑みは、これまで悠が見た中で一番優しいものだった。もう安心だと、告げているようだった。だが悠には、煌の言う『寂しい』の意味がわからなかった。

「どこ行くの？」

「どこでもないところだよ。俺たちを傷つける奴なんかいないところだ。ああ、そうだ。あの子猫も迎えに行こうか。一緒に……」

「どうして？」

「どうしてって……」

　煌はそう尋ねられたことを不思議に思っているようだった。悠が自分の手を取ると思っていたのだろうか。どうして煌は悠が大好きな優しい人たちを否定してばかりなのか。どうして悠が差し出す美味しいものを食べてくれないのか。悠にはわからなかった。

「はる、さみしくないよ」

「……え？」

煌は信じられないものを見る目で、悠を凝視している。

「なんで……？」

「さみしくない。だって、けんがいるもん」

「また……また『けん』か。なんなんだよ、いったい。おまえは寂しいだろ？　お父さんもお母さんもいなくて、他人と暮らしてて……寂しくないわけがないじゃないか」

苦しそうに煌が言う。だが悠は、その言葉に首を横に振って答えた。

「けんのごはん、とってもおいしいよ。ほかにもね、みんなでいっしょにつくったらおいしいんだよ。さみしくないよ。あのね、きょうはね、はるがつくったおかし、たべてもらうの。きらくんもたべて」

そう言って、悠は再び持っていたカップをぐいぐい差し出した。食べてくれたら、友達になれると思った。だが悠がカップを押し出すほど、煌の表情は歪(ゆが)んでいく。

「いらないって言ってるだろ！」

「……あ」

煌の手が、悠が手に持っていたカップを弾き飛ばした。カップはゆっくりと宙を舞(ま)い、やがて地面に転がり落ちた。雪が降ったように、落ちた周辺だけが白くなっている。

悠と煌、二人の視線が地面に釘付けになった。煌の瞳には後悔の色が滲（にじ）んでいる。目の前の悠がぽろぽろと涙をこぼし始めたからだ。

「おかし……つくったのに……」

嗚咽（おえつ）に交ざって聞こえる声は、消え入りそうに小さい。

先ほどカップを持っていた悠の手は、こぼれ落ちる自分の涙を受け止めていた。

「あの……ご、ごめ……」

煌の手が、悠へと伸びる。優しく、おそるおそる、悠に触れようとする。

その指先が触れようかという、その瞬間――バチンッと大きな音がした。

電流のような衝撃（しょうげき）が、二人の間に走った。

驚いて尻餅（しりもち）をつきそうになる悠を、誰かの腕がしっかりと支えてくれた。

「悠！　大丈夫か⁉」

「けん！」

悠をしっかりと支える剣に、煌は怪訝（けげん）な視線を向けた。

だが剣は、煌の視線より悠が泣いていることが気がかりだった。

「悠、どうした？　なんで泣いてるんだ？」

「落ちちゃった」

悠が縁側の外の地面を指さした。真っ逆さまに落ちたカップを見て、剣は悲しげな表情を浮かべる。

「ああ……じゃあ、俺と半分こしようか」

「うん！」

悠はぱっと顔を綻ばせた。しかし、またすぐに悲しそうな顔に戻ってしまう。

「でもね、きらくんにあげたかったの」

「きら、くん……」

そうして、剣はようやく顔を上げた。悠の前に立つ、その少年の姿をしっかりと見据える。

「君は、まさか……」

剣の呟きは煌には届かなかったようだ。煌は忌々しそうに剣を睨んでいる。

その視線を遮るように、悠と煌の間に千代が立ち塞がった。

「おやめ。この子はあんたとは行かない。もう、わかったろう」

「な、なんだよ……」

「これまでは伊三次の守りがきちんと効いていたようだ……あんた、もう諦めるんだね」

煌は戸惑っているが、猫が話したことについては驚いていない。

（やはりこの子は、普通の人間ではなくて……）

そう思うと、剣は急に悲しくなった。この目の前の煌という男の子は、伊三次の言っていたとおり、おそらく死んでいる。剣はそのことを考えたくなかった。

「煌くん……俺は君と生前会ったことがあるね？」

剣にそう言われ、煌は驚いた。そんなことを言われるとは、思ってもみなかったのだろう。だが、剣はこの少年を覚えていた。

「君は里見煌くん……そうだろう？」

「は？　あんた……」

「宮代剣だ。一度、君の家に料理を作りに行ったことがある。ほら、君の誕生日に、お母さんのご依頼で……」

「お母さん？」

その言葉を聞いた煌の肩が、急にぴくんと跳ねた。煌を取り巻く空気が変わった。ピリピリしていた空気が、一変して、煌に悲愴感が漂い始める。

「お母さん……お母さん……？」

「そうだ。なぁ、こんなところにいないで、お母さんのところに帰ろう。千代様が、必ず帰してくださるさ」

剣がそう言うと、わずかに煌の瞳が揺れた。だがすぐに、力なく、首を横に振る。

「どうして……家族に会いたくないのか？」

「お母さんは、俺のことといらないんだ。だから会えない」

「そんなことはない。ないよ、絶対に」

「会えない……だけど、会いたい」

囁(ささや)くような小さく、か細い声だった。煌は顔を上げて、また呟いた。

「お母さんに、会いたい……」

その言葉を最後に、煌の姿は消えてしまった。現れたときと同じように、霧のように空気に溶けていった。

「煌くん……」

まだ彼がいるんじゃないかと微かな期待をもって、剣はその名を呟いた。

だが返事が返ってくることはなく、代わりに小さな手がちょんちょんと剣を引っ張った。見ると、戸惑(とまど)うような、期待したような、悠の大きな瞳が剣を見つめていた。

「けん、きらくんしってるの？」

「え、ああ、まぁ……」

「なんだい、あんたのお客さんだったのかい？」

「俺も驚きましたけど……」

剣にとっても予想外のことだったので、千代の言葉にたじろぎながら答える。

悠が出会った友達が、剣が昔関わった特別なお客様だった。自分に何かしら責任があるように思えてきた。そんな剣の罪悪感を見抜いたように、千代は言う。

「さぁて、事情を話してもらおうか。このおチビさんじゃなくて剣なら、きちんと話せるだろう？」

「……はい」

「あれは、まだ俺が流しの料理人を始めたばかりの頃です」

剣が話し始めると、居間にいた全員が身構えた。茜も、金剛も、悠も。唯一千代だけが、のんびりと縁側で寛いでいる。

「煌くんのお家に呼ばれたんです。お母さんは懸命に働いて、息子さんに不自由のない生活を送らせようとしていました。幸い管理職で収入は十分なようでした。きれいなマンションにお住まいで、家の中も整っていました。家事代行を定期的に頼んでいるとかで……煌くんは小学生で、まだ十歳ぐらいだというのに利発で落ち着いていて、なんというか……聞き分けのよすぎる子でした」

「聞き分けが……ねぇ」

千代がぽつりと呟く。

「周りの人を困らせてはいけないと、彼なりに一生懸命考えた結果なのだと思います」

「それは……お母さんを困らせないようにってことだよね？」

茜の言葉に剣は頷いて、悲しげに眉をひそめた。

「もっとあれこれ、わがままを言っていいんだよ、と俺は言ってみました。すると、彼はこう言ったんです」

『だって、俺がわがまま言ったり、熱を出したりしたら、お母さん『コーカク』させられるから』

煌は小さい頃、何度か熱を出したことがあった。そのとき、母は仕事を休んでくれたが、電話越しに「なんとか降格だけは……」と懇願している声が煌に聞こえたそうだ。

「焦るお母さんの姿を見て、彼はわがままを呑み込むようになっていった。そして、お母さんはますます仕事が忙しくなって、息子さんと話す時間が減っていったようです」

「そんな……」

茜が悲しそうな顔をする。

「お母さんだって、息子さんを愛していなかったわけじゃないんです。彼女なりに気にかけていたし、息子さんの将来のために仕事をしていた。ただ、二人の思いはすれ違ってしまった」

「すれ違いって、どういうこと？」

茜が問う。剣は苦い笑みを浮かべて、答えた。

「例えば……俺を煌くんの誕生日に呼んだことです。めいっぱい美味しいものを食べさせてやってほしいと依頼されました」

剣の言葉に茜も金剛も、顔をしかめた。煌が本当に望む誕生日はそうじゃない。

「一生懸命、明るく振る舞おうとしていました。手伝いをしてくれたり、なんでも美味しいと言ってくれたり……でも、どこか寂しそうでした。俺はすぐにわかりました。ここにいるのが俺ではダメなんだって」

「お母さんは？」

「どうしても遅くなるとのことで、なかなか帰ってきませんでした……だから俺があの子と一緒にご飯を食べたんです。一人の食卓にするのがあまりにも可哀そうで」

「お人好しだねぇ。それで喜んだのかい？」

千代が目を細めながら言う。

「喜んではくれたんですが、かえって気を使わせてしまったようで、申し訳ないことをしました。やっぱり母親は偉大です。夜遅くに帰ってきたお母さんを見たあの子の顔は、それまでの寂しさなんて全部忘れたかのような、嬉しそうなものでした。温め直したご飯を二人で一緒に食べているのを見て、心から安心しました。帰る直前、あの子は言ってくれました。『また来てね』と」

「そっか。よかったね」

茜はほっとした表情でそう言った。だが、それでこの話が終わりなら、あんな風に現れないはずだ。剣の表情は曇り、声が低くなる。

「しばらくしてお母さんに連絡をしたんです。普段なら自分からそんなことはしないんですが、どうしても気になって。そうしたら……お母さんは言ったんです」

『――あの子は、交通事故で死にました』

部屋の空気が一気に張り詰める。

「もう引っ越したから、今後料理をお願いすることもない、とも……」

誰もが沈痛な面持ちになった。悠は『死』の意味を理解できていないようだった。だが、とても悲しいことだということは、感じ取っているようだ。

「きらくん……かなしい？」

「ああ……きっと、な」

煌は母親への恨み言など一つも零していなかった。おそらく彼の中で、母親は最高の存在のままなのだろう。

「もう少し早く電話をして、煌くんの本当の気持ちをお母さんに伝えられていたら……」

剣がぽつりと呟くと、千代が静かに歩み寄り、剣の頬をぺちっと尾ではたいた。

「思い上がるんじゃないよ。あんたが何をしたって変わらないさ。あの子と母親の問題なんだからね」

「あんたみたいな不器用者が、頭の中であれこれ考えたところでなんにもならないだろう。あんたが人のためにできることは、たった一つなんじゃないのかい？」

「い、痛いです……！　そんなことを言われても……」

「腑抜けた声を出すんじゃないよ。本当に料理以外はてんでダメだね」

思わず尋ねる剣の頬を、また千代の尾がぺちぺちはたく。

「は？」

「だったら果たしな」

「俺はあの子に、一番欲しい料理を作ってあげられていない……料理人としての役割すら、果たせなかったんだ」

剣は煌の家に呼ばれた日のことを改めて思い出す。煌は愛想よく、とてもいい子にしていた。剣の作った料理にも、美味しいと言ってくれた。だが、おそらく煌は無理をしていた。美味しくなかったわけではないだろうが、きっと、一番求めていたものは、違うのだろう。

「いや、あのときだって、俺は……」

そう、何もできない。あのときも今も、それは変わらない。

千代にぴしゃりと言われて、剣は閉口した。

「あんたは料理人。家政夫じゃあない。料理を作る以外、何ができるね？」

「でも……」

「あ……」

剣は、急に目の前が開けたような感覚を覚えた。自然と、腰が上がっていた。

そして、側にいた茜と金剛を振り返った。

「すみません、もう少しだけお時間をいただけますか。悠のことを見ていてほしいんです」

「それはいいけど……一緒に行かないの？」

「悠には、待っていてほしい。俺が必ず、彼を見つけてくるので」

茜と金剛は目を見合わせ頷いた。剣は、足元に座り込んだままの悠を見つめる。

「悠、ちょっとだけ、待っていてくれるか？」

「……うん」

悠は不安げだったが、それでも、しっかりと頷いた。

「見つけるって言うけど、どこにいるかわかるのかい？」

「はい。どこにいるのか、見当はついているんです」

剣はそう言った。

剣の家の最寄り駅から徒歩五分に位置する、築浅（ちくあさ）のタワーマンション。

彼らが住んでいたのは十五階。あの部屋には、今はもう別の住人がいる。思い出がありすぎて辛いと、煌の母親が早々に引き払ってしまったのだ。マンションの入口には青々とした木々が枝葉を伸ばしている。そこにぼんやりと、その姿はあった。剣は、人影に向かって、手を差し出す。

「煌くん」

煌はちらりと剣を見上げるも、俯いてしまった。

「お母さんを、待っているのか？」

煌は、小さく頷いた。剣はゆっくり煌に近付いていく。

「君のお母さんは、その……」

「知ってる。引っ越して、もういないんだろ」

地面をぼんやりと見つめながら、煌は言う。

「捜したんだ。でも、見つからなくて……お母さん、全然、俺のこと呼んでくれない」

母親から話を聞いた剣には分かる。彼女はあのとき、自分を保つのに必死だったに違いない。煌のことを心に浮かべれば、今にも壊れてしまいそうだった。だから、心の奥底へ追いやって、蓋をしていた。だがそんなことが、煌に分かるはずもない。母親だけは煌を求めてくれる。そう信じていたはずだ。だから、こう思ったのだろう。

『――お母さんは、俺を捨てた』

煌がぎゅっと掌を握りしめる。彼は苦しんでいる。

「君のお母さんは、君を忘れたわけじゃないよ。ただ君が思うほど、お母さんも強くはないんだ」

「……そうなの？」

「ああ。君が死んでしまって、悲しすぎて、思い出に触れるのが怖くなっちゃったんじゃないかな」

「なんだよ、それ……悲しいなら、忘れてないなら、俺との思い出を振り返ってくれたらいいのに」

呟くと、煌はマンションを見上げた。かつて自分と母が過ごした部屋を見ている。

そのベランダを、煌は指さした。

「あそこから、毎日外を見てた。お母さんが帰ってくるのを早く見つけたくて……」

「……うん」

「死んじゃったあと、『寂しい』って声が聞こえてきた。家族と離れて悲しんでる人たちの声が聞こえたんだ」

「……それで、悠に『一緒に行こう』って言ったんだな」

煌は、静かに頷いた。

「でも、行くって言ってくれなかった」

「そうか……」

「俺だけ、寂しいままだ」

煌はまた、俯いてしまった。そんな煌に、剣は再び手を差し出した。

「俺と、一緒に行こう」

「……え？」

煌が剣を見た。目をまん丸く見開いて、不思議そうに剣を見ている。

「俺たちと一緒に、ご飯を食べよう」

「なんで……？　赤の他人じゃないか。あんたは別に寂しくないだろ……あいつも。俺なんか呼ばなくたって……」

「寂しいもの同士じゃなきゃ、一緒にいちゃいけないのかな？」

煌は驚いていた。声もなく、剣を見つめている。誰にも迷惑をかけないようにと遠慮していた彼は、助けを求めるにも、自分と同類の人にしか声をかけてはいけないと、思っていたのだろう。煌はまだ、剣の手を取れずに戸惑っていた。

「……家族でもないし」

「夫婦だってもとは他人同士だ。もう、難しいことは考えなくていい。家族の形はそれぞれなんだ。血が繋がっていなくても、忙しくて一緒に過ごす時間が少なくても、大きな愛情や思いが、きっとそこにはある」

「そんなわけ、ない……」

「少なくとも、俺はそうだ。俺には、最初は家族なんていなかった。だけど、いつの間にか大切なものが増えていった。相手を思う気持ちがあれば、それでいいじゃないか」

剣は半分自分に言い聞かせるような気持ちで、そう話していた。

「俺はあんたなんて、別に……」

「少なくとも悠は、君と友達になりたいと思ってるぞ」

「あいつが……」

煌は考えてから、剣に向き直った。おそるおそる、言葉を紡（つむ）ぐ。

「あの……俺、食べたいものがある……作ってくれるか？」

「もちろんだとも」

剣が力強く頷くのを見て、煌は剣の差し出した手を握り返した。そして、わずかに期待のこもった瞳で告げた。

「俺の食べたいものは……」

❖

剣が帰宅し玄関を開けると、小さい元気な足音が聞こえてきた。

息を切らして走ってきた悠は、思い切り剣に抱きついた。そして、剣が連れて帰ってきた客人にも、同じことを言った。

「きらくん、おかえり！」

「え……？」

煌は、戸惑って剣に視線を送った。剣は笑いかけながら、頷いてみせる。

「さあ、台所に行こうか。手を洗って、エプロンをつけよう」

悠が先導して煌を洗面所に連れていき、用意していたエプロンを渡す。悠のために買ったものなので、煌には少し小さい。

台所に行って炊飯器のタイマーを見ると、数分後には炊き上がるようになっていた。剣が家を出る前にセットしておいたのだ。予想していたより少し早く帰宅できたおかげで、準備に余裕がある。

剣はボウルに氷水をはり、ふきんを用意し、小皿に塩を少量入れて、テーブルに置く。次に冷蔵庫や戸棚から色々と取り出した。鮭や鯖の切り身、ツナ缶、それに醤油やごま油など。それらをテーブルにずらりと並べていると、茜がひょっこり顔を出した。

「もしもし、お手伝いはいりませんか？」

「茜さん……でも、ケーキ教室に悠を連れて行ってもらいましたし……」

「えぇ……お手伝いさせてくれないの？　それとも私じゃ頼りにならない？」

「……じゃあ、お願いできますか？」

剣の言葉を聞くと、茜はすぐにエプロンを身につけて台所に戻ってきた。

「魚の切り身を焼いて、ほぐし身にしてもらえますか？」

「了解。ちなみに、何を作るのかは秘密なの？」

剣がちらりと煌を見る。煌はなんだか恥ずかしそうに顔を伏せてしまった。

何も恥ずかしいことはないのだが、自分の本心を知られるのは照れるのだろう。

「ええ、内緒です。できてからのお楽しみ」

「そうなんだ……ねぇ、煌くん。私たちも、一緒に食べてもいい？」

「……どうぞ」

煌は、かろうじてそれだけ答えて、すぐに剣の影に隠れてしまった。

「怖がらせちゃった……？」

茜はそう言いながら、魚の切り身を持ってコンロに向かう。

こっそり煌の肩をポンポンと叩いて、剣はテーブルの上をざっと見回した。

「よし、今できるのは、これくらいかな」

机に並んだものたちを煌は不思議そうに見つめる。

「きらくん、おいしいのいっぱい、つくるよ」

悠のその言葉を合図に、剣は包丁を手にまな板に向かった。

野菜もいくつか用意してあるが、剣が最初に手にしたのは青ネギだ。根の部分を切り落とし、リズムよく小さく刻んでいく。まな板の上にこんもりと青々とした山ができた。

次に手にしたのは大葉。三枚ほどを重ねてくるくる巻いて、これも細く切っていく。

次に真っ赤な液体が入った容器を引き寄せる。蓋を開けると、梅の実が漬け込まれている。

「カリカリ梅！」

「そう。春頃に一緒に作っておいたんだよな」

悠が嬉しそうに指さした。自分が作ったものが出てきたのが嬉しいらしい。

「……梅干しじゃなくて？」

「ああ、美味いんだぞ。食感もいいし。ほんのり甘くて」

剣は容器の中から梅の実をいくつか取り出し、細かく刻んでいった。

そして、今度はボウルを手元に寄せて、ツナ缶の中身をすべて入れた。そこにマヨネーズと、少量の醤油を加えて混ぜる。

剣がツナを混ぜ合わせていると、焼き上がった切り身を持って、茜がやってきた。

「剣さん、こんなもんでいい？」

「うん、いい焼き加減だ。あとはほぐしてもらえますか？　すぐに俺もそっちに加わりますから」

「それくらい一人でできるよ。いつも一人で厨房回してるんだよ？」

小さな店とはいえ、昼時には混雑する洋食店の厨房を、たった一人で回す茜の腕は確かだ。剣が茜の心配をするのは、おこがましいというものだ。

「じゃあ、お願いします」

剣がそう言ったとき、急かすように炊飯器が炊き上がりを知らせた。

蓋を開けると、熱い蒸気が剣の顔面を覆う。その熱気に怯むことなく、剣はしゃもじを入れ、豪快に底からご飯を混ぜ返した。こうすることで空気が含まれ、ふっくらするのだ。

あらかた混ぜ終えると、剣は炊き上がった米を釜ごと取り出してテーブルへと運んだ。

「よし、ささっとやらないとな」

ボウルをいくつも並べて、ご飯を入れていく。

「茜さん、できましたか？」

「はい。バッチリだよ」

茜が二つの皿を差し出す。片方は紅色の鮭、もう片方は白い鯖のほぐし身だ。

皿を受け取り、剣はそれらを別々のボウルに入れた。他にも、色々と調味料を入れていく。

鮭のボウルには醤油とごま油、そして刻んだ青ネギを入れた。

「悠、このボウルの中、混ぜてくれるか？」

「うん！」

剣からしゃもじを受け取り、悠はボウルの中身を底から混ぜる。

次に、剣は鯖(さば)のボウルに刻んだ大葉とカリカリ梅、いりゴマとごま油、そして塩を少々入れる。今度は、茜が混ぜる役目を引き受けてくれた。

次のボウルには何を入れるのか。煌の期待のこもった視線を受けて、剣はニヤリと笑いながら、テーブルの上に置いておいた袋を手にとった。刻んだ塩昆布が入っている。

塩昆布をパラパラとボウルに入れ、その上から塩とごま油を入れる。しゃもじは悠が使っているので木べらを使い、剣が混ぜようとすると、横からするりと手が伸びてきた。

「……俺も、混ぜたい」

「ああ、頼んだよ」

そう言って、煌に木べらを預け、剣は次のボウルに向かった。

次は先ほど混ぜ合わせたツナマヨだ。ご飯が入ったボウルに入れて、手早く混ぜる。

「よし、できた。そっちは混ぜ終えたか？」

剣が振り返ると、煌が小さく頷き、茜もボウルの中を見せながら頷いた。悠は、元気いっぱいに「うん！」と叫んでいる。

「よし、じゃあ……」

剣は端に寄せていたものを手にした。それはラップだ。

洗ったまな板の上に広げて、その上に、自分が混ぜたツナマヨのご飯を載せる。少し水分が多めでぼてっとしているが、気にせずラップで包み込み、ぎゅっと握る。

ボウルで混ぜ合わせている間に若干冷めたとはいえ、まだ熱が残っている。ラップから熱が掌に伝わってくる。剣はポンポンとお手玉のように転がしながら握る。最初は歪な形だったのが徐々に丸くなり、やがて三角のおむすびへと姿を変えた。

形が整うとラップを外して皿にちょこんと載せる。

「剣さん、今日のご飯を教えてもらえる？」

もうわかっているが、茜はあえて聞いた。剣は煌と視線を合わせて、答えた。

「今日のご飯は、おむすびです。皆で一緒に、たくさん作りましょう」

剣のその言葉を聞いて、茜もラップを広げ始めた。

剣も茜も、ボウルの中身を六等分してラップに包み形を整えていく。その軽やかな手付きに、悠も煌も目を大きく見開いて感心していた。

ほう、と悠の口からため息が漏れると、剣が最後のおむすびを皿に載せた。

皿の上には四種類のおむすびが六つずつ並んでいる。鮭とネギ、鯖と大葉と梅、ツナマヨ、そして塩昆布。

コンロには鍋が置いてある。茜に頼んで作っておいてもらった味噌汁だ。具材はシンプルに大根と人参である。味噌汁を全員分の椀によそい、おむすびが並ぶ大きな皿とともに居間へ運ぶ。悠が片方の手で人数分の箸を握り、もう片方の手で煌の手を取り、居間へと引っ張っていくのだった。

「よし、じゃあ皆でおむすびを食べよう。もっと食べたかったら、まだまだ作るから言ってくれよ。いただきます！」

「「「いただきます！」」」

剣の声に応えて、全員が一斉に、皿に手を伸ばした。

皆、好みがバラバラで、手を伸ばすおむすびは違っていた。

悠と煌は真っ先にツナマヨに手を伸ばし、茜は塩昆布、金剛は鮭とネギのおむすびをそれぞれ手に取り、千代は鯖と梅のものを剣に取らせていた。剣が千代が食べやすいようにおむすびをほぐしていると、皆の感嘆のため息が聞こえてきた。

「塩昆布美味しい！　普通の塩味じゃないのがいいよね」

「……悪くない」

「はる、ぜんぶたべる！」

茜も金剛も悠もあっという間に一つ目を食べ終えて、次はどれにしようかと迷っている。

「悠、あんまり食べすぎるとお腹痛くなっちゃうぞ」

「あんたが半分こしてやればいいだろう。好きなものを食べさせてやりな」

剣に対しそう言う千代も、おむすび一つ分をあっという間に食べ終えて、次のものを要求した。ようやく自分の席に戻ろうとしていた剣は、再びほぐし役に戻らねばならなくなった。

「千代様、あのぅ……がぶっとかじればいいのでは？」

「私を雑に扱うつもりかい？　偉くなったもんだね」

「……すみません」

この小さな神に、剣はいつまでも頭が上がらない。

（まぁ、皆が美味しそうに食べてくれているし、いいか）

剣はそう思い、今はおむすびを食べている皆の笑顔を、堪能することにしたのだった。

しかし、一人だけ浮かない顔をしている者がいた。煌だった。

おむすびを半分ほど食べてはいるものの、そこからは進んでいない。

「煌くん……どうした？」

煌は剣を見ると、迷った末にそっとおむすびを取り皿の上に置いて、か細い声で呟いた。

「……ごめんなさい。俺、いい」

罪悪感で押し潰されそうな顔だった。剣は努めて優しく、問いかけた。

「別のものを作ろうか？」

「違う……こんなに美味しいのに、温かいのに……違うんだ。ごめんなさい。俺が、おむすびが食べたいって言ったのに。作ってくれたのに……」

「そんなことはいいんだ。もっとわがままを言ってくれよ」

「……言えない。だから、もうご飯は作ってくれなくて、いい」

煌は立ち上がると、ふわりと縁側に向かった。庭へと近付くにつれて、どんどんその存在が薄くなっていく。

「ま、待ってくれ……！」

剣がそう言って引き止めようと腕を伸ばした、そのとき——悠がぴんと手を挙げて立ち上がった。

「はる、つくる！　きらくん、たべて！」

「……は？」

そう言った側から、悠は剣と煌の手を掴んでぐいぐい引っ張っていく。

戸惑う煌はされるがまま、台所まで連れていかれる。

同じように連れてこられた剣は、炊飯器からボウルにご飯をよそいながら尋ねた。

「えーと、悠？　作るって……何味がいいんだ？」

「しろいの」

「うん？」

剣が尋ね返す間もなく、悠は剣からボウルを受け取り、テーブルに向かった。

台に乗り、テーブルの上に先ほどの剣たちと同じようにラップを広げる。

その上に、ぱらぱらと塩を振りかけた。そして、ご飯を落とし、ラップを端から一つにまとめていく。悠の小さな掌が、零れ落ちそうなほど大きなご飯の玉を、ぎゅっと押さえ込む。

だが、炊飯器から出したばかりのご飯は当然まだ熱い。

「あちゅいっ……！」

悠は数秒と持ってはいられなかった。手にふーふーと息を吹きかけて再挑戦しようとするが……やはり、熱いようだ。

「わかった、ちょっと待ってろ」

剣はそう言うと戸棚を開き、ご飯茶碗を取り出した。

お茶碗の中に、まだ熱いご飯の玉をラップごと入れて、悠に渡す。

「そのお茶碗に入れて、コロコロ動かしてみな」

言われたとおり、悠はお茶碗を両手に持ち、上に下に、右に左にと、色々動かしてみた。

すると、それまで歪な形をしていたおむすびが、どんどん丸くなっていくではないか。

「できた！」

「うん。きれいに丸まったな。上手だ」

剣に褒められて、悠は喜びで胸がいっぱいになった。自信を持って煌に差し出す。

「きらくん、どうぞ」

差し出された煌は、瞬きもせずに、そのおむすびをじっと見つめた。おむすびと、悠を何度も見比べる。やがてそろそろと手を伸ばし、おむすびを受け取る。ゆっくりとラップを剥がし、震える手で、しっかりと持った。

そして口を近付けていって、遠慮がちに、一口かじった。

煌は小さくかじったおむすびを、何度も何度も咀嚼している。噛みしめるたびに、煌の目に涙が溜まっていく。やがて一口目を飲み込むと、煌は苦笑して言った。

「はは……しょっぱい。形もボコボコしてるし……さっきのと比べたら、それほど美味しくはないかな」

なかなかの酷評を受けて、悠はショックだったようだ。わなわな震えている。

だが煌はそんなことを言ったにもかかわらず、もう一口ぱくりとかぶりついた。今度は大口だ。咀嚼して飲み込むと、また次の一口。その次も……

ぱくぱくと食べ続けて、あっという間に悠が作った白むすびを食べてしまった。

「きらくん、たべてくれた！」

「ああ、よかったな。煌くんがあれが好きだって知ってたのか、悠？」

剣がそう聞くと、悠は首を横に振った。

「おかあさんがつくってくれたおむすび」

「え……!?」

驚く剣とは対照的に、煌は静かに頷いた。

「俺のお母さんも、これ作ってくれた……」

「あのお母さんが……？」

剣の言葉に、煌は静かに、嬉しそうに頷いた。

「お母さん忙しかったから、お腹空いたらいつも作ってくれるのはこれだった。これしか作れなかったんだけどさ」

浮かべた苦笑には、懐かしい母を思う気持ちが滲んでいた。煌が食べたかったものは、この歪な形の、簡単な味付けの、でも煌のためだけに作られたものだったのだ。

「お母さん、馬鹿だなぁ。わざわざ料理人さんを呼ばなくても、これでよかったのに……これがよかったのに……」

煌の目から零れた涙がぽたぽた落ちていく。何を、誰を思って泣いているのかは、聞かずともわかった。そんな煌の側に、小さな影が寄り添う。

「あんたの心は、満たされたかい？」

涙で濡れている煌の頬を、千代の二本の尾が優しく撫でた。煌は小さく頷いた。

「じゃあ、そろそろ連れていってあげようかね。温かい場所へ」

そう千代が言うと、煌は少し不安げな顔になった。

「そこには、お母さんいる？」

「いや、まだいない。だが、いつか必ず来る。また会うために行くのさ」

穏やかで優しい声だった。千代の言葉を聞いて、煌はわずかに迷っていたが頷いた。

剣は思わず煌の手を掴んでいた。

「行く……のか？」

「……うん。本当なら、もっと前にそこへ行くはずだった」

「そうか……どうしても寂しくて仕方なくなったら、また家に来い。一緒にご飯を食べよう」

そう言う剣に、煌は優しく微笑んだ。そして、首を横に振った。

「いい。俺は、俺の家族を待つから。ご飯は……悠と食べて」

そう笑顔で告げると、煌は光に包まれた。光はだんだん大きくなって、煌の輪郭（りんかく）を溶かしていく。やがて光がおさまると、その姿は消えていた。千代が天を見つめて、静かに一声鳴いた。

『ご飯は……悠と食べて』

いつの間にか、台所の入り口に茜と金剛も立っている。

煌は、そう言ってくれた。

（まったく……人のことなんて、いいのに）

「煌くんの誕生日には、毎年おむすび、あげないとな」

剣はぽつりとそう呟くと、服の裾（すそ）を悠がつんつん引っ張った。

「きらくん、おたんじょうびわかるの？」

「ああ、一度お祝いしたからな」

「じゃあ、はるのおたんじょうびは？」

「え」

剣の頭の中では、とてつもない速さで思考が巡っていた。そういえば、雛祭りや花見はしたが、悠の誕生日を祝っていない。だがそれ以前に、もっと重大な問題がある。

(悠の誕生日って、いつなんだ……?)

「悠ちゃんのお誕生日っていつなの?」

剣が口をパクパクさせていると、茜がさらりと悠に尋ねた。

尋ねられた悠は、何やら考え込んでいたが、すぐにあっさりと答えた。

「くりすます」

「……え!? 悠……クリスマスが、誕生日なのか?」

「うん」

「えーと……その……お母さんが……言ってたのか?」

「うん」

そう言うと、悠は一人でどこかへと走っていった。そして、何やらガタガタ音を立てて、大きな本を抱えて戻ってきた。

「それは……!」

悠の母親が姿を消す前に残していった絵本。

前までこの絵本を見るだけで泣き出していたが、最近は読んでほしいと剣にせがむようになっていた。今も剣の心配をよそに、悠は嬉々として絵本をぐいぐい見せてくる。

「悠、それがどうかしたのか?」

「よんさい!」

「え?」

剣には悠が言いたいことが理解できない。茜が代わりに尋ねる。

「もしかして……四歳のお誕生日プレゼント……ってこと?」

「たんじょうびとくりすます! だから、いっぱい!」

誕生日とクリスマスのお祝いに、たくさんのお話が入った本をもらった、ということだろうか。剣は、以前は憎しみさえ抱いたこの絵本を、気付けばそっと撫でていた。

(煌くんのお母さんと同じように、悠の母親も上手くできなかっただけで、愛情は持っていたのかもな)

真実はどうなのかわからない。だけど、剣はそうであればいいなと思った。

「じゃあ、クリスマスにはお祝いしないとな。だけど、とりあえず今はおむすびを食べて、そのあとで、悠たちが作ったブランマンジェ食べようか」

「うん! たべる!」

剣の家の居間に、改めて、皆の『いただきます』が響き渡ったのだった。

第五章　いのりをこめた、ぶっしゅどのえる

『ぶっしゅどのえる』はおいのりのケーキなんだって。

ことしいちねん、げんきでいられるようにって。

たくさんおねがいしちゃダメかな？

もっといっしょに、えほんをよみたい。もっといっしょに、ごはんをたべたい。

ずっとずっと……いっしょにいたい。

ほかにも、だいすきなひとにしてほしいことって、なにがあるのかな？

❖

最初はブランマンジェ。それ以降、悠はケーキ教室でたくさんのケーキを作った。

そしていよいよ、ケーキ教室は今日で最終日を迎えようとしていた。

最終日は十二月二十日……クリスマスの直前だ。お題は、もちろん『ブッシュ・ド・ノエル』。悠の気合いの入りようは、今までの比ではなかった。

　これまで何度も参加してきた中で一番、真剣に耳を傾けている。その様子を、隣に座る茜が微笑ましく眺めていた。これほど真剣になる理由をよく知っているからだ。

「では、難しいお話はこれくらいにして、楽しいケーキ作りを始めましょうか」

　オーナーの栗間がこう言うと、調理が始まった。

「どうですか、小さなパティシエールさん？」

　栗間が、一番に悠たちのテーブルに来てくれた。悠はぺこりとお辞儀をする。

「せんせい、おねがいします！」

　悠にそう言われ、栗間は嬉しそうにお辞儀を返した。そして、ちらりと視線を移す。

「今日はお父さんは……？」

　栗間は悠と茜の後ろに控えている仏頂面の金剛をうかがいながら言った。

「俺で悪いか」

　金剛は、ムッとして答えた。いつもは剣が出席していたのだが、今日は代わりに金剛に出席してもらえるよう頼んだのだ。金剛の背中には、もちろん葵もいる。

「いえいえ、そんなことは。ただ、初めてお会いするので……」

「何か文句があるのか？」

「いえ、文句は……」

　たじろぐ栗間を、金剛が睨む。すると、二人の間に茜が割って入り、金剛を叱りつけた。

「金剛、ダメでしょ」

「……すまん」

「僕のほうこそ、失礼なことをして申し訳ありません。どうか、ケーキ作りを楽しんでください」

栗間はそう言うと、深くお辞儀をして、隣のテーブルへと移っていった。

悠はレシピと材料を見比べて、慎重に確認している。よほど美味しく作りたいらしい。

「上手にできたら、きっと剣さん、喜んでくれるね」

茜がそう言うと、悠はくるっと振り返って、キラキラ輝く瞳で茜を見上げた。

「頑張ろうね」

「うん！」

そのあと、栗間によるレクチャーが始まる。スポンジ作りもクリーム作りも、これまでの課題で経験済みだ。今日は集大成なのだ。悠は慎重に、取り組んでいった。

「そう、粉はゆっくり入れて、ゆっさゆっさってしようね」

「じゃあ卵割ろうか……うん、上手！」

「クリームも、ゆーっくり少しずつ入れるんだよ。うん、それくらい」

茜は工程一つ一つをしっかり見守り、悠にアドバイスをした。悠は言われたことをしっかりと守り、着実に出来上がりまでのステップを踏んでいく。

「へぇ……上手いな」

金剛から、そんな言葉が零れ出る。

「これたべたら、げんき！」

悠は誇らしげに答えた。金剛は首を傾げていたが、茜にはわかった。栗間から教えてもらったブッシュ・ド・ノエルの起源の話を、悠は信じているのだ。だから、一生懸命このケーキを作り、自分の願いを託そうとしている。

「巻くの、一緒にやろうか」

悠だけでは力が足りないことは、茜や金剛が手伝う。しかし、それ以外の工程は悠が主軸になって行う。そうして、目の前に切り株のようなロールケーキが出来上がった。

「さぁ、あとはデコレーションです。お好きに飾ってください」

栗間が店の奥から大きなワゴンを運んでくる。そこには皿がいくつも並んでいる。カットしたイチゴなどのフルーツ、チョコレートのプレート、アイシングペン、マジパンの人形……色々と取り揃えていた。

「じゃあ私は『Merry Xmas』って書こう」

茜はその中からチョコのプレートとアイシングペンを選んだ。

「とりあえず、果物でも載せときゃ、それらしくなるだろ」

金剛はフルーツを皿によそっている。

悠は、全部を見回して、うーんと唸っていた。どれもこれも使ってみたい。だけどケーキは、全部載せられるほど大きくはない。どうしたものか。そう思い、悩んでいるのだ。

そんなとき、光の中に消えていった煌の言葉を、悠はふと思い出した。

『俺は、俺の家族を待つから』

(はるのかぞくは……)

そう思い、悠は男性の人形と子どもの人形をケーキの上にちょこんと載せた。

「あ、いいね。仲良し親子だ」

「おやこ？　おとうさんとはる？」

「そう。このお父さんは剣さんでしょ？　じゃあ、これをつけよう」

茜は、並んで立つ人形のすぐ側にチョコのプレートをさした。

「これで、剣さんと悠ちゃん、二人のお祝いになったね」

悠が目を輝かせながらぶんぶん頷く。

最後の仕上げとしてフルーツを飾っていると、栗間がやってきた。

「やあ、これは素晴らしい。小さなパティシエールは三つ星級ですね」

悠はきょとんとして聞いていた。そんな悠の前に、栗間は小さな袋を差し出す。

以前悠が一目惚れした、猫の形のチョコレートだ。

「才能溢れる未来のパティシエールに、ささやかなプレゼントです」

「ありがとう！」

「い、いいんですか？　これ商品じゃ……？」

茜が支払いをしようとすると、栗間はそれを止めた。

「いいんです。クリスマスプレゼントですよ」

「でも……」

ケーキ教室の参加費はかなり安かった。その上、商品をもらってしまっては申し訳ない。そう思って、茜は食い下がったが、栗間も譲らなかった。

「頑張った人にご褒美をあげるのは当然でしょう？　気になるんでしたら、参加してくださった皆さんにもプレゼントします。それならいいでしょう？」

その言葉に、店中にいた参加者が沸いた。栗間は嬉しそうに、チョコを配っていく。

悠はもらったチョコを見つめ、一人でにやけていた。

頑張って作ったケーキを食べたら、剣はなんて言うだろうか。褒めてくれるか、喜んでくれるか、驚いてくれるか……悠は楽しみで楽しみで、仕方なかった。

❖

悠がケーキ教室に行っている間、剣は家の居間で伊三次と向かい合っていた。

いつもなら我が家のように寛いでいるが、今日は、伊三次はきちんと静かに座っていた。その側には銀と銅も控えている。二人とも一言も声を発しない。剣がお茶とお茶菓子を運んできても、伊三次は眉一つ動かさず、ずっと難しい表情で虚空を睨んでいた。

「伊三次、お前まで色々調べてくれてありがとうな」

「……勝手にやったことだ。気にするな」

伊三次は短く答えると、お茶を一口、口に含んだ。剣は意を決して、話を促した。

「伊三次、それで、その……何かわかったことでも？」

「……そうだな。いい話と悪い話……どっちから聞きたい？」

「……じゃあ、『いい』ほうをあとに残しとくよ」

剣がそう言うと、伊三次は居住まいを正して、告げた。

「おまえも色々調べて知ってるかもしれないが……やっぱり、おまえと悠は離れて住むしかなさそうだ」

剣は、できる限り冷静でいるように努めた。拳を握りしめ、頷いて続きを促す。

「悠の場合、就籍の手続きとか以前に、まず保護という扱いになるだろう。里親に引き取ってもらう前に、誘拐や失踪の疑いを晴らす必要がある」

「……ああ」

「それに里親についても、最悪の場合、茜さんが引き取るのも難しいかもしれない。すでに子どもがいる上に、法律上は単身者だからな……子どもができずに里親になりたがっている夫婦が優先って可能性もある。これについてはもう少し調べておくが……」

剣と離れ離れになることを話せば、きっと悠は深く傷つく。茜に悠と家族になってくれと頼んだものの、何か他の道はないか、剣は模索していた。伊三次も独自に調べてくれたとのことで、わずかな望みを抱いていたのだが……その結果は、これまで剣が調べたことと変わらないものだった。剣は一度大きく息を吐き、握りしめていた拳を開いた。

「……それで、いい話ってのは、なんだ？」

沈んだ気持ちだった剣は、気持ちを切り替えて聞いてみた。すると伊三次は、表情を緩めて振り返った。小さく頷いた銀が、一冊の本を差し出す。その表紙には見覚えがある。

「これ……あの童話集か？」

伊三次は頷いた。悠が持っているものはもうボロボロになっていたが、こちらは新品だ。

「この前悠が言ってたろ。四歳の誕生日プレゼントに、これをもらったって」

「ああ。それが……どうかしたのか？」

伊三次はページをパラパラとめくり、最後のページを開いた。

そのページの一箇所を、伊三次は指さした。出版された年月が書かれている。

「この本が最初に出版されたのは、一昨年だ」

「……ということは、一昨年の時点で四歳に？　ああ、いやでも、出版されてから一年以上経ってから買った可能性もあるしなぁ」

「いや、いつ買ったかはわかる」

伊三次はすぐに、出版年のすぐ下の項目を指さした。そこには『第六刷』と書かれている。

「この本、人気らしくてな。出版されてすぐ増刷されたらしいんだ。悠の持っていた本は、何刷だ？」

伊三次の言わんとすることが、わかってきた。剣は立ち上がり、絵本を取りに向かった。他の絵本と並んでしまってある、ひときわボロボロの本を持って、剣は居間に戻った。

そして、伊三次たちの前で広げた。

「第一版第一刷……」

「一刷の本が書店に並んでいたのは、この年だけ。つまり悠の母親がこの本を買って四歳の誕生日にあげたのも、この年……てことにならないか？」

「ということは……悠は一昨年のクリスマスで四歳になり、去年俺と出会って……今年のクリスマスで六歳に……？」

伊三次は口の端を持ち上げて、頷いた。

「そう、か……そうか……六歳かぁ」

「ろうそくを何本立ててやればいいかってことしかわからなくてすまんな」

「今まで何もわからなかったんだ。大きな進歩さ……ありがとう」

苦笑しながら言う伊三次に、剣は深々と頭を下げた。

悠は六年前に生まれた、ちゃんとこの世界に存在する一人の命だ。それが、わかった。

「うん、そうか……六歳か」

喜ばしいと思うと同時に、一つの考えが剣の脳裏をよぎった。

いよいよもって、目を背けるわけにはいかなくなった。

（小学校……！）

剣が再びぎゅっと拳を握りしめたことに、伊三次は気付かなかった。

そのとき、玄関の戸が開く音がした。それと同時に、元気な声が響く。

「ただいま！」

家の空気がぱっと明るくなった。伊三次や双子たちの顔も緩む。

「帰ってきた。あとで茜さんとも、よーく話し合おうぜ」

「ああ」

剣は頷き、伊三次とともに立ち上がって、悠たちを出迎えた。

「これ！」

玄関で出迎えた剣に、悠がずいっと差し出したのは、猫のチョコレートだ。『Poche d'amour』で悠が一番最初に手に取ったお菓子だ。

「栗間さんが、クリスマスプレゼントだって言ってくれたの」

「え、もらったんですか？　買ったんじゃなく？」

茜が肩を竦（すく）めて頷いた。子ども好きだとしても、そこまでするのはさすがにサービス過多なのではないかと剣は思った。

「まぁ……厚意（こうい）として受け取っていいんじゃないか？」

そう、金剛がぽつりと言った。

「よし、じゃあ明日のおやつにいただこうか。とりあえず手洗ってきな」

「うん！」

チョコを剣に預けて、悠は洗面所へと走っていく。その後ろ姿を見ながら、茜が妙にうきうきした様子で剣に言った。

「もうすぐ夕飯だけど、今日は先にケーキを食べない？」

「食後のデザートに、じゃなくてですか？」

「いいから食え」

「……はい」

金剛に睨（にら）まれては頷かざるを得ない。剣は悠から受け取ったチョコと、茜から受け取ったケーキの箱を持って、大人しく居間に向かった。

「伊三次……なんでおまえらまでいるんだ」

「悪かったな、金剛。剣に大事な用があったんだよ」

「用が済んだんなら帰れ。ケーキの取り分が減る」

両者の睨み合いが続くかに思われたが、急に茜が金剛の頭を後ろからぽかっと叩いた。

「こら金剛。誰彼構わず喧嘩ふっかけないの」

「別に俺は……」

「ふっかけたでしょ、今！　いい加減にしなさい」

ぴしゃっと叱られて、金剛は拗ねてしまった。茜はくるっと振り返り、伊三次にニッコリ笑いかける。

「伊三次さん、ごめんなさい。あれはただの挨拶だから。気にしないで」

「……まぁ、はい。承知してますよ」

あんな剣呑な挨拶があるだろうか、とその場にいた誰もが思ったが、口にはしなかった。

「……けんか？」

剣が振り返ると、居間の入り口で、悠がぷるぷる震えて立ち尽くしていた。

おそるおそる二人へ近付いていき、双方の服の裾を握った。

「なかよし……だめ？」

「うーん、悠ちゃんは最強だなぁ。子は鎹って言うけど、悠ちゃんは皆の鎹だね」

悠には鎹の意味がわからないようだが、伊三次と金剛が喧嘩をやめたことはわかったようだ。嬉しそうにニコニコする。

「よし、じゃあ仲直りの記念も含めて、悠たちが作ったケーキをいただきますか！」

剣がお茶を淹れ、双子が包丁と人数分の皿とフォークを持って居間へ戻る。

皆が待ち遠しいという視線をケーキに向けていた。

「なんだ？　ケーキの箱、開けないのか？」

「もう……わかってないなぁ、剣さんは。剣さんに開けてほしいんだよ、悠ちゃんは」

「え？　俺が？」

先日ブランマンジェを言い当ててしまったときは、悠に言わせるべきだと言われた。

今回は悠が開けるのかと思いきや……剣がやるべきだと言う。

剣は相変わらず、こういうときにどうすればよいのか察せられないのだった。

悠は期待に満ちた目で剣を見ている。剣は箱に手をかけた。箱の差し込み部分を一つ一つ丁寧に開き、てっぺんの蓋の両端を一気に開く。

「おお、これは……！」

「見事ですのう……」

「誠に」

箱を覗き込んだ伊三次、銅、銀から、感嘆の声が上がる。茜と金剛は、悠とともに自慢げな笑みを浮かべていた。皆の熱い視線を受けながら、剣は箱の中から、チョコクリームでコーティングされた、ブッシュ・ド・ノエルを取り出した。

チョコレート生地で巻かれたケーキは大きく、粉砂糖の雪が覆い被さっている。てっぺんにはチョコレートのプレートがささっており、『Merry Xmas』と書かれている。その看板を彩るように、あちこちに様々なフルーツがちりばめられていた。

プレートの側には小さな人形が二つ、並んで立っていた。

サンタクロースではなく、人間の人形だ。大人の男性と子どもの二人。それが示す意味を、剣は理解した。

「あのね、これたべたら、いちねんげんきって、言ってた。かぞくでたべてねって」

悠がもじもじしながら言う。剣の胸が温もりで満たされていく。しかし、その温もりが、今は体を内側から引き裂くかのように痛い。幸せな日々が次から次へと思い出される。

(ああ、ダメだ。もうこれ以上は……！)

苦痛の表情を浮かべる剣を、悠と茜が心配そうに覗き込んだ。ケーキの上に立つ人形に、剣は静かに手を伸ばした。

「え」

それが誰の声なのかは、わからなかった。剣の行動を、誰も予想していなかった。

剣は、二つ並んだうちの一つ……大人の男性の人形を取ってテーブルの上に置いた。ケーキには、子どもの人形一つだけが、ぽつんと残っている。

「け、剣さん？　何してるの？」

瞬きも忘れて剣を見つめる悠に代わって、茜が尋ねた。剣はそれには答えず、悠の前に座り、目線を合わせた。自分を奮起して、真正面から悠を見つめた。

「ごめんな、悠」

「……え？」

「俺は……違う」

悠が、ぽかんとしている。剣の言っていることがわからないようだ。

悠に理解できないままでいてほしいという、身勝手な思いが剣の胸の内に湧いてくる。

伊三次、茜、金剛、双子たち……皆の顔が、険しくなっていく。

「ずっと言わなきゃと思ってたんだ。俺は……俺は、家族にはなれないよ」

「……え」

悠が息を呑む。目を見開いて硬直している悠を、後ろから茜がぎゅっと抱きしめた。そして、剣のことを思い切り睨みつけた。

「剣さん！　なんてことを……！」

「そうだぞ、剣。いったいなんの真似だ。伝え方ってもんが……」

伊三次も剣を責める。だが、これは必要なことだ。ずっと一緒にいることができないのに、期待を持たせてしまっては余計に悠を傷つけてしまう、と剣は自分自身に言い聞かせた。

「悠、これから悠と俺は離れ離れになるんだよ」

「……！」

「それは、ほんの少しの間だけかもしれないし、この先ずっとかもしれない。だから……だから、俺とは、その……」

きちんと言おうと思っていたが、剣はどうしても、その先の言葉が言えない。悠のためだと決心したはずなのに、中途半端な自分が腹立たしかった。剣は改めて悠の目を見た。涙を零すことすらできず、悠は静かに、ただただ立ち尽くしていた。

「けん……『かぞく』……ちがうの……？」

「そんなことはない」と、剣は今すぐ言ってしまいたかった。だが唇を噛んで堪えた。

「せんせいもあかねさんも、けんのこと『おとうさん』っていってたよ？　でもちがうの？」

剣は抱きしめたい気持ちをグッと抑えて答えた。

「……ああ、違うんだ」

次の瞬間、悠の両目から、大粒の涙がぽろぽろこぼれ始めた。それを拭うこともせず、声も上げず、茫然と涙を流している。悲しすぎて、どうすればいいかわからないのだろう。

剣には悠の気持ちが痛いほどわかった。わかったが、どうしようもない。悠をこんなにも傷つけて悲しませたのは、他ならぬ自分なのだから。

しゃくりあげる声だけが、静かな居間に響き渡る。誰もが視線を交わして、何を言えばいいか迷っている。そんな中、声を発したのは、悠をぎゅっと抱きしめている茜だった。

「……信じられない」

深いため息をつき、悠を抱え上げた。その肩を、悠はぎゅっと握りしめる。

「悠ちゃんはうちで預かります。撤回するなら今だよ、剣さん」

だが剣は、首を横に振った。

「……悠ちゃんの着替えとか、勝手に持っていくよ。行こう、金剛」

茜はそう言うと、荒々しく廊下を歩いていった。

金剛は葵を抱いてゆっくり立ち上がり、それに、ついていこうとした。

居間を出る直前、ほんの一瞬だけ剣に視線を向ける。剣は、深く頭を下げた。

「ご迷惑を、おかけします」

「……本当、おまえって……」

何かを言おうとして金剛は口をつぐんだ。そしてすぐに顔を逸らし、歩いていってしまった。居間に残ったのは、剣と伊三次たちだけだ。

伊三次はなんとも言えない面持ち(おもも)ちで剣を見つめている。

茜たちが玄関から出ていった音を聞き、伊三次はようやく重い口を開いた。

「……一応、言い訳を聞こうか」

俯(うつむ)いたままの剣にかけられた声は刺々(とげとげ)しい。

「ないよ。言い訳なんて」

「勘弁してくれ。言い訳してくれなきゃ、俺はもう罵倒するしかないだろうが」

「……罵倒してくれて、いい。一番そうしたいのは悠だろうけど、あの子にはできないからな」

剣は悲しそうに呟いた。それを聞いた伊三次は、咄嗟に剣に掴みかかろうとした。

銀と銅が飛び出して、どうにか伊三次を止める。

「主様、いけません」

「抑えてくだされ」

それでもなお黙っている剣に、伊三次は更に苛立ちを募らせた。

「悠がおまえを罵倒したいなんて思うかよ。そんなことしないって、おまえが一番わかるだろうが。悠の顔、ちゃんと見たか？　あんなことを言われても、悠はおまえを恨まない。悲しいんだよ、おまえに突き放されて。また親に見放されて、辛いんだよ……どうして誕生日くらい幸せに過ごさせてやれねえんだよ、おまえは！」

伊三次はついに剣の胸ぐらを掴み、荒々しく揺さぶった。剣は抵抗することなく、されるがままになっている。すべてを投げ出した様子に、伊三次はまた苛立つ。

「……返す言葉もないな」

剣の口から、乾いた声が漏れた。伊三次は、もう何度目かしれない深いため息をついて、剣の胸ぐらから手を放す。だが、怒りはやり場を失ったままだ。

「……誕生日を祝ったら、余計に離れられなくなってしまう」

「は？」

剣がぽつりと言うと、伊三次は鋭い視線を向けた。

剣の頭に、色々な悠との思い出が思い浮かぶ。一緒に過ごすほどに、知らない顔をいくつも発見したものだった。だがそれらすべてが、大粒の涙で濡れた顔に、塗り替えられていく。

「幸せな思い出が増えるほど、別れが辛くなる。ただでさえ捨てられたトラウマがあるのに、人間を信じられなくなってしまうだろ」

「……要は、おまえが怖いんだろ。見損なったぞ」

伊三次は吐き捨てるように、そう言った。立ち上がり、銀と銅を促して、乱暴な足音を立てて、家から出ていく。居間には剣だけが一人残された。

ブッシュ・ド・ノエルが、手つかずのまま、テーブルに置かれている。その横に、てっぺんから取り外した人形が一つだけ寂しく転がっていた。

❖

「悠ちゃん、お腹空いてない？　何か食べよう？」

茜の問いかけに、悠はふるふると首を横に振った。

昨日、茜は悠を連れ帰った。涙は止まったものの、何も話そうとしない。

頷きはするが、声は出さない。そして、茜の家に着いてから何も食べていない。

一日中ずっと、悠は茜の家のリビングで茫然としていた。泣くでもなく、喚くでもなく、暴れるでもなく、何もしていなかった。

昨夜は泣き疲れたせいか、すぐに寝たようだが、疲弊しているのがわかる。

「本当に、信じられない……！」

夜になり、悠に葵と一緒に布団に入るように言い、茜はリビングで金剛に憤りをぶつけていた。

「あんな風に突き放さなくたっていいのに！」

「大きい声出すな。二人が起きるだろう」

金剛に諭されて、茜が若干声のトーンを下げる。だがそれでも、怒りは収まらない。

「でも……悠ちゃんのあんな顔見たら、許せなくて……」

「腹立たしいのはわかる。だが、あいつにも、何か考えがあるんだろ」

金剛の言葉に、茜は表情を曇らせた。

「そんなの、わかってるよ……剣さんは、私の『家族』だもん」

茜が洋食ニコイチ亭を開いたときも、葵が生まれたときも、剣は自分のことのように喜んでくれた。剣は紛れもなく自分の『家族』だと、茜は思っていた。

そんな剣の頼みだから、茜は自分のできることをしようとしていたのだ。

「だけど、いくら不器用でも、言っていいことと悪いことがあるでしょ」

「タイミングも言葉選びも悪すぎるとは思った。だが、いつか言わなきゃいけないことだ」

「それは……そうかもしれないけど」

そのとき、インターホンが鳴った。今は深夜だ。そんな時間の訪問者は誰か。

金剛が玄関に向かう。そして、客人を連れて戻ってきた。あの場にいた人物――伊三次だ。

「どうも、夜分に申し訳ない」

「伊三次さん……どうしたの？」

茜が問いかけると、伊三次はばつが悪そうに笑った。

「いや、まぁその……ちょっとだけ補足説明を、ね」

伊三次は勧められた椅子に座ると、自分の考えていることを語り始めた。

「俺も昨日はカッとして、つい詰め寄ってしまったんですが……剣も色々考えているんだと思います。問題なく小学校に行けるように、できるだけ早く……とか」

茜は話を遮ることなく、じっと静かにすべて聞き終えた。

「そうか……悠ちゃんの小学校か」

伊三次の話を聞くうちに、茜の気持ちは徐々に落ち着いていった。

「まぁ、それにしたって、ありゃあひどいですがね。空気が読めないとは思っていたが……」

伊三次がそう言うと、茜はクスッと笑って返した。

「うん、あれはひどいよね。どうお仕置きしてやろうね？」

「あの馬鹿への仕置きはいつでもいいけどよ、チビをどうにかするほうが先だろ」

冷静な金剛が口を挟んだ。確かに心配なのは悠のことだ。

「明日も何も食べないのはちょっとね……」

悠の心を開くのは難しいかもしれないが、体だけなら茜たちでも労ってやれるはず。

茜も伊三次も金剛も、そう考えていた。

❖

ひやりと冷気が頬を撫で、悠は目を覚ました。隣には眠っている葵がいる。小さな掌を悠が触ってみると、ぽかぽか温かかった。葵と悠を挟んだ両側には、二人を守るように茜と金剛が眠っている。こんなに温かいのに、悠は『けんじゃなかった』と感じてしまった。

それが悪いことのように思えて、悠はもぞもぞと布団から抜け出した。冬の朝の空気は肌に刺さるようだ。悠はリビングに行き、椅子にかけて、ぼんやり外を眺める。昨日と同じだ。

剣の笑顔を思い出し、悠の目尻にじわりと涙が浮かぶ。

そのとき――

「やめときな、一日の始まりを涙で濡らすなんて」

どこからか声がした。悠には声の主が誰か、すぐにわかった。窓の外にいる真っ白なシルエットが、二本の尾を優雅に揺らしていたからだ。悠は急いで窓を開けて、真っ白な神の猫……千代を招き入れた。千代は窓からするりと入ると、お礼に優しく尾で悠の頬を撫でた。

「話は聞いたよ。困った奴だね、剣も」

呆れたように千代が言うと、悠はそっと首を横に振った。悠は剣が悪いとは思っていなかった。千代は苦笑した。

「いいんだよ、怒るときは怒っても。それが家族ってもんだ」

悠は、その言葉にもまた、首を横に振った。

「剣に言われたこと……気にしているのかい？」

その問いには、悠は答えなかった。代わりに俯いてしまった。

「やれやれ、罪深い奴だよ。こんなにも慕われているっていうのに突き放して……」

千代はため息をつくと、悠を椅子へ促した。そして、悠が椅子に座ると、その膝へぴょんと飛び乗った。

「背中を撫でておくれ」

千代は当然のように要求する。おそるおそる撫でる悠に、千代はぽつりと尋ねる。

「なぁ悠や。剣にあんなことを言われて、どう思った？」

「？」

「剣のこと、嫌いになったかい？」

悠は、首を横に振った。音がしそうなほど、大きくぶんぶん振っている。

「そうかい。じゃあ……好きかい？」

そう千代が尋ねると、悠は何かを言いかけて、すぐに口をつぐんでしまった。

「どうしたね？　ここには私しかいない。誰も咎めたりしないから、言ってごらん」

悠はしばし戸惑っていたが、やがて頷いた。

「そうかい。子どもは、好きなものがたくさんあるほうがいい。何かを好きだと思う気持ちを、我慢なんかしちゃいけないよ」

そう言われて、悠はまた何かを言おうとした。

しかしまた口をつぐんでしまった悠を、千代が優しく見上げる。『言ってごらん』と言われているような気がして、悠はまた、そろりと口を開いた。

「でも……ちがうって、いった」

悠は震える唇で、そう伝える。言葉にしてしまうと、涙が溢れた。千代の背を撫でることも忘れて、悠は涙を拭おうとした。だけど、どんなに拭っても、止まらない。

「かぞく……ちがうっていった。けーき、たべてくれなかった。もう……ごはん、つくってくれない。いっしょにねてくれない……かぞく、ちがうって……！」

千代は何も言わず、悠にすり寄った。悠の涙をすべて受け止めてくれるようだった。

するると、そんな悠の体を、千代ごと誰かがすっぽりと包み込んだ。茜だった。

「ごめんね、悠ちゃん……！」

どうしてか、茜が謝っている。茜に謝られる理由がわからず、悠はおろおろした。

「ごめんね。大人の事情のせいで、こんなにも苦しませて、本当にごめん……悠ちゃんは、ただただ、剣さんが大好きなだけなのにね」

きょとんとする悠を離して、茜はそっとブランケットをかけた。悠の正面に茜は座る。そして、悠と同じくらい目を潤ませて、茜は言った。

「今のまま剣さんのもとにいたんじゃ、これから先、できないことがたくさん出てくるんだよ」

「できないこと？」

「これから先、悠ちゃんが病気になったときに困ったり、夢が見つかったときにやりたいお仕事ができなかったり……」

「……そうなの？」

「うん。剣さんは、そうならないようにと思ってるんだよ。悠ちゃんが、これから先、色んなことに興味を持って、好きなことが、自由にできるようにしてあげたいって」

『これから先』と茜は何度も言う。だが、悠にはよくわからなかった。

悠は今、剣に会えないことが悲しい。それだけだった。

「けん……はるのこと、きらい……じゃないの？」

「嫌いなわけない。大好きなんだよ！」

「はるも……すきでいいの？」

「うん？」

「けんに『だいすき』って、いってもいいの……？」

「当たり前だよ……！」

茜がめいっぱいの力を込めて頷いた。

「だいすき……けん、だいすき！　あいたい！　ごはんたべたい！　おかいものいきたい！　えほんよみたい！　いっしょにいたい！　けんがいい……！」

悠は涙を止めることができなかった。茜がまたぎゅっと悠を抱きしめ、千代が尻尾でゆらゆら頬を撫(な)でた。

「人間てのはややこしいねぇ。どうしてその一言を言うのが難しいのかねぇ？」

千代はくつくつ笑い、続けて茜に言った。

「心の『家族』でいるのに条件がいるものか。血筋も、距離も、時間も、何も関係ない。愛し合う者同士が『家族』になる……それでいいじゃないか」

茜はその言葉に頷いた。浮かんでいた涙を乱暴に拭(ふ)いて、悠に向き直る。

「そのとおりだよ。悠ちゃん、剣さんに言ってやろう。なんて言われたって、剣さんが大好きなんだって」

悠も頷き返した。だが、まだ会いに行ってもいいのか戸惑っているようだ。

「大丈夫。任せて」

茜は頼もしい笑みを浮かべた。すると、スマートフォンを取り出して、どこかにかけた。呼び出し音が止まり、誰かが応答すると、茜は遠慮なく、いきなり告げた。

「あ、剣さん？　反省した？」

驚く悠に構わず、茜は話を進める。電話の向こうの剣は、ただひたすら戸惑っているようだった。

「反省してもしてなくてもどっちでもいいけど、クリスマス……つまりは悠ちゃんの誕生日、剣さんの家でパーティーをします」

電話の向こうから素っ頓狂な声が聞こえる。悠も驚いている。

「ケーキはこっちで用意します。剣さんは美味しいごちそうをたっくさん用意しておくこと。オーケー？　反論異論は認めませーん。それじゃ！」

嵐の如く言い放つと、茜はさっさと通話を切ってしまった。そして、悠がこれまで見た中最大級の笑顔を浮かべた。

「さて、悠ちゃん。クリスマスまで数日……特訓しようね」

「……トックン？」

「剣さんに、ぎゃふんと言わせようね。こんなケーキ食べたことない、宇宙一美味しいって言わせよう……むふふふ」

朝一番に茜から電話がかかってきた。かと思ったら一方的に用件を言われ切られた。まだ午前六時前である。茜でなければ迷惑電話として放置しておくところだ。

「……まぁ、いいか。どうせ起きていたんだしな」

縁側で、冬の冷たい空気にぶるっと身を震（ふる）わせながら、剣は独りごちた。

昨晩からずっと、剣はここでボーッとしていた。剣の体は人間とは違う。暑さや寒さは感じるが、風邪は引かない。もう気遣う相手もいない。だから、一人でここでぼんやりしていても、何も問題はないのだ。反省したのか。剣は自分に問うても、よくわからなかった。

「……でもやっぱり、俺が悪いよな」

「なんだ、わかってるじゃないか」

真っ白な毛並みの猫がふわりと庭に現れた。

「千代様？　今までどこに……？」

「私に救いを求めている迷子はたくさんいるからねぇ。暇人扱いしないでくれるかい？」

剣はひとまず口をつぐみ、黙って縁側に柔らかい座布団を置いた。

「それで？　お勤めは終わったんですか？」

「いや、まだだよ。どこかの馬鹿が、拾って育てていた子を突き放して、離れ離れになるかもしれないって言うじゃないか」

「なっ⁉」

千代は平然と、座布団の上で優雅にあくびをしている。

「どうして、それを……」

「そいつの優しい友人が教えてくれてね。心当たりでもあるのかい？」

「いや、まぁ……」

「あんたは器用じゃないんだから、難しいことは考えないことだね」

しっかり剣のことを指しているようだ。

「……肝に銘じます」

「よろしい。それで？　パーティーには、なんの料理を出すんだい？」

「そんなことまで……」

「ここに来る前におチビさんの様子を見に行ったんだよ。そりゃあ落ち込んでいたよ。ああ可哀そうに……」

剣は何か言い返そうにも、言い返せない。まったくもって、千代の言うとおりだからだ。

「まったくあんたは……自分の気持ちを伝えるのが下手だねぇ」

「下手、ですか」

「そうさ。あんたの思い出であの子の心を埋めておいて、何を今更……周りから見りゃ、とっくに手遅れさ」

「そ、そうでしょうか……？」

「あんたに逃げ道なんかないってことさ。諦めて、おチビさんを喜ばせる料理を考えることだね」

そのとき、剣はふと考えた。自分がここにいる意味が、果たしてあるのだろうかと。

「……何を考えている？」

「いえ……俺は、もうお役御免なのではないかと思いまして」

千代の耳がぴくんと動いた。鋭い視線が、剣に向けられる。

「私の言ったことが理解できないのかい？」

「俺が悠と一緒にいられなくなる事実は変わりません。それに、悠をあんな風に傷つけたんだ。『誓い』に背いたも同じでしょう」

「だからなんだって？　暇乞いでもしようってのかい？」

「もともと、あの人が亡くなったときにいなくなるはずだったんです。この世から消えたって誰も困らないでしょう」

投げやりに剣が言うと、千代が立ち上がった。そして毛を逆立てて寄っていく。

「ち、千代様？　……痛っ！」

千代の二本の尾が鞭のようにしなって、剣の両頬を交互にはたいた。

「な、何を……？」

「何をじゃない、この馬鹿！　あんたは私に誓いを立てて、ここにいるんだ。簡単に投げ出せると思うんじゃない」

剣はじんじん痛む頬を押さえて、茫然としていた。

「まだあんたを求めている者がいる。それはつまり、役目があるということだ。投げ出すことは私が許さないよ。そういう台詞は、誰からも見向きもされなくなってから言いな」

「しかし、俺を求めている者って……？」

まだピンときていない様子の剣に、千代はいよいよ限界に達しそうになっていた。そして、大きな声で庭に潜む人物を呼んだ。

「ああもう！　埒が明かないったら！　ちょいと伊三次！　そんなところで盗み聞きしてないで出てきな。この馬鹿にあんたからも何か言っておやり！」

ぎょっとして剣が庭を見ると、複雑な面持ちの伊三次が出てきた。

「バーカ……怒られてやんの」

「……ああ、まぁな」

剣と伊三次、どちらも決まり悪そうではあるが、互いに微笑む。

「伊三次！　ほら、早く！　ガツンと言ってやりな」

「千代様が仰った以上のことなんて俺には言えませんよ……」

「伊三次、この前は、その……」

剣は立ち上がり、頭を下げようとした。だが、伊三次はそれを制した。

「言っとくが、俺は謝らん。おまえが全部悪い。今でもはらわたが煮えくり返る」

「はぁ？　だったら……」

「だが、俺が悠の年齢を教えたから、おまえが追い詰められたのかもしれないと思って、追加情報を伝えにきた」

そう言うと、伊三次は剣に座るよう促し、縁側に何枚かの書類を広げた。

「おまえがたぶん気にしてる学校な。一応、戸籍がなくても入れるらしいぞ」

「え、そうなのか？」

「ああ。あと住民票も作れる。色々と手続きや必要書類があって厳しいのは確かだが」

その必要書類などについて書かれた用紙を、伊三次は手渡した。剣がそれを穴が空くほど見つめていると、伊三次が咳払いした。話はまだ終わっていないらしい。

「あと里親な。子ども自身の気持ちが最優先とのことだ。茜さんは人柄は申し分ないし、希望はあるんじゃないか？」

「そう、なのか？　もしかしたら、まったく知らない人のもとへ行かなきゃいけないのかと……」

「もうちょっと落ち着けよ」

「ああ、そうだな」

ホッとした剣を見て、千代が尾を鞭（むち）のようにしならせ、ピシッと縁側の床を叩いた。

「目が覚めたようで何よりだよ」

剣が居住まいを正す。急に、先ほどの弱気な発言が愚かしいものだと自覚が出てきたのだ。

「あの、千代様……反省しております」

「そうかい。そりゃよかった。だがあんたのことだ。また弱気になりかねない。そこでだ……ちょいと賭けでもしないかい？」

「……賭け……ですか？」

おおよそ神の発言とは思えない。だが千代は、不敵な笑みを浮かべている。

「漠然（ばくぜん）とした誓いをさせたのが間違いだった。あんたはこれから、あのおチビさんのために生きるんだ。あの子があんたを求める限り、もしくはあんたがあの子の求めに応じられなくなったとき、役目を終える……どうだい？」

「悠が求める限り……あの子には本当に俺が必要なんでしょうか？」

「まだ言うのかい。仕方ない奴だね」

剣が弱気なことを言ったので、また千代の二本の尾が頬をはたこうと揺れた。

だがケラケラ笑う声が聞こえて、千代は動きを止めた。笑ったのは伊三次だ。

「いいじゃないですか」

伊三次はそう言うと、剣の胸を指さして、ニヤリと笑った。

「パーティーの日にハッキリさせようぜ。悠ともう一度会って、あの子がおまえのことを希(こいねが)うなら、今度こそ誓いを守れ」

伊三次の顔は不敵で、結果は既に見えていると言いたげだ。剣は、静かに頷いた。

賭けは成立とばかりに、千代がぺちんと尾で剣の手をはたいた。

伊三次もまた『逃げるなよ』というように拳を突き出す。そして、尋ねた。

「ところで、そのパーティーってのは……俺たちも行っていいのか？」

「……茜さんに頼んどくよ」

「頼む」

❖

悠が茜宅に行ってから三日が経つ。

茜からも伊三次からも千代からも叱咤（しった）され、剣はどうにか台所に立てるようになった。

茜に言われたとおり、悠の誕生日を祝うパーティーを開くので、美味しいものをたくさん用意しなければならない。

（当日まであと二日……今日は伊三次たちを呼んで、試食してもらうか）

料理を作るためにまずは買い出しに行かなければならない。そういうわけで数日ぶりに商店街にやって来たのだが……

「剣さん、悠ちゃんと喧嘩（けんか）したんだって？　ダメよ、ちゃんと仲直りしないと」

会う人皆に口々にこう言われるのだった。おそらくこれは、伊三次の仕業だ。剣が引きこもっていた間に、この商店街の店に、言いふらしていたのだろう。

おかげで剣は回る店すべてで、今度誕生祝いをやると説明しなくてはならなかった。

しかもそのことを話すと、商店街の人たちは進んでオマケをくれた。

「これ、悠ちゃんに食べさせてやって」

いつしか剣は、買ったものの二倍の食材を抱える羽目になっていた。

（伊三次め……やっぱり呼ばないでおこうかな……！）

各店でお説教をくらっていたため、気付けばもう日が落ちている。商店街の中にも、店じまいを始めているところがちらほらある。

（まぁ、予定のものは全部手に入ったし、よしとするか）

剣はそう思い、荷物を抱える手に力を込める。そのときだった。

目の前の『Poche d'amour』のドアが開き、剣が持っていたビニール袋の取っ手がちぎれた。ちぎれた袋から食材が落ちていく。ドアから出てきて驚く栗間と、絶望した剣の視線が交差した。栗間は、剣と落ちたものを見比べて、遠慮がちに言う。

「中、入られますか?」

「……お言葉に甘えます」

剣は抱えた荷物を一旦店内に置かせてもらい、落ちたものを拾い、栗間は立て看板をしまってシャッターを下ろし、二人は一息ついた。所在なさげに座る剣のもとに、栗間がやってきた。その手には、ティーポットとカップ、それに大きなビニール袋を持っている。

「この袋なら丈夫だし大きいから、全部入りますよ。使い回しで申し訳ありませんが」

「とんでもない。ありがとうございます」

栗間は、クスクス笑いながらカップにお茶を注いでいた。

「随分たくさん買い物したんですね。クリスマス用ですか?」

「ええ、そうですね。半分は」

「半分?」

「残りは悠への土産だと、商店街の皆さんからいただきまして……」

「ああ、喧嘩して家出中なんでしたっけ? 仲直りしたんですか? 皆さん心配しているんですよ。あれだけ仲のいい親子が喧嘩したって聞いたら、誰だってそう思います」

「仲のいい親子……ですか」

「そういえば最後のケーキ教室は違う方がいらしてましたね……違うんですか？」

そう言われて、剣は咄嗟に答えられなかった。しかし、剣は胸の内を正直に話した。

「仲のいい親子でありたいと、思います」

栗間は微笑んで聞いている。慈しみがこもっているように見えた。

「そうですか。それを聞いて安心しました。悠ちゃんには、笑っていてほしいですから」

剣はその言葉をありがたいと思った。だが、疑問も湧いた。

「あの……先日、悠に猫のチョコをくださいましたよね？」

「ええ。ご迷惑でしたか？」

「そんな、とんでもない。ありがたいです。ただ、その……」

「どうして、悠ちゃんをそこまで気にしているか、ですか？」

言わんとしたことを言い当てられて、剣は恐縮した。たじろぐ剣に栗間は笑って答えた。

「それはね……なんとなく、です」

「なんとなく？」

栗間は頷き、お茶を一口、口に含んだ。カップの紅茶を揺らしながら、言葉を選んでいる。

「正直、僕にもよくわかりません。ただ悠ちゃんを見ていると、あるお客さんを思い出すんです。一度会ったきりの人なんですけどね……」

栗間は視線を剣に向けた。剣は頷いて、先を促す。

「あれは一年前の今頃でした。そのお客さんに出会ったときは別の店で働いていたんですが、閉店間際になったから店じまいの準備をしていたんです。すると、やせ細った女性が来店して……ある商品を買っていったんです。なんでも、家で一人で待っている子どもに渡すとか」

「子ども……ですか？」

「ええ、あまり詳しくは聞けなかったのですが、借金があって親らしいことができていないと……でも、娘の誕生日プレゼントにせめて何か渡したいとのことでした」

もしかして、と剣は思った。続きを聞かずにはいられなかった。

「その人は……何を買ったんですか？」

「チョコレートです。これと同じものを買っていきました。娘は猫が好きだからって。えーと、確か……四歳……いや五歳の誕生日プレゼントだったかな。去年は新品の絵本をあげられたのに、今年はこれで大丈夫なのかなって心配していましたよ。悠ちゃんはその女性に顔立ちがよく似ていて……見ているとそのことを思い出すんです。そうだ……よかったらこれ、また悠ちゃんにプレゼントしてあげてください」

そう言って笑いながらチョコレートを差し出す栗間に、剣も思わず微笑み返していた。

剣は、栗間の差し出したチョコレートを、そっと受け取った。

台所の窓から差し込む陽の光を浴び、剣はいつもよりも気合を入れていた。

いつも家で料理するときは、普段着にエプロンを着けるだけだが、今は仕事のときに着る調理服だ。今日は十二月二十五日。気合を入れた料理を何皿も作らねばならない。

伊三次に銀・銅、『ひまわりベーカリー』の一人娘の紬に八重、そして茜に金剛、葵。最後に悠。皆で一緒に悠の誕生日を祝う。

三つあるコンロすべてに水を入れた鍋を置き、火を点けた。コトコトという音を聞きながら、冷蔵庫から野菜を取り出す。じゃがいもにブロッコリー、ホウレンソウ、人参、キャベツ……それぞれ並べると彩りが豊かだ。

剣が野菜を洗って皮を剥いていると、聞き慣れた声が玄関から聞こえてきた。

「おーい、剣。来たぞー」

「いらっしゃい」

もはや出迎えるまでもない……伊三次だ。その後ろには、管狐たちが付き従っている。

「ごちそうはどこですか～？」

「まだに決まってるだろ。早く手を洗って、手伝ってくれ」

台所にひょっこり顔を出す伊三次に、剣が声をかける。

「どんだけ作るんだよ」

洗面所までさっと走っていく管狐(くだぎつね)たちに対して、まだのろのろと上着を脱いでいる伊三次は、テーブルの上に並んだ食材の山を見て呆れていた。

「商店街の皆様から悠にって託されたからな。材料があるだけ作る」

「へぇ……大盤振る舞(ふるま)いじゃないか」

その声の主(ぬし)は、剣の足元にいつの間にかすり寄っていた。

「ち、千代様……脅かさないでください」

「どこにいようと私の勝手じゃないか」

「そうですけど……」

千代は剣には構わず、鼻をひくひくさせていた。

「美味そうな匂いがするね。冷蔵庫の中かい？」

そう言って、千代が冷蔵庫に向かおうとするので、剣は先回りして立ちはだかった。

「ダメです！　あとのお楽しみですから」

「……ケチ臭い」

「なんとでもどうぞ。あとでおかかご飯あげますから」

そう言われ、千代はふんと鼻を鳴らして、しぶしぶ台所の隅に腰を下ろした。

伊三次が手を洗いにいったのと同時に、玄関のドアチャイムが鳴った。

「お、今日のゲスト兼料理人が揃ったな。よし、やるぞ！」

最後にやってきた料理人とは、紡と八重だ。剣は、改めて気合を込めた。

「剣さん、キャベツ茹でました！」

「剣殿、皮を剥きましたぞ」

「ブロッコリーも茹で上がったわ」

紡、銅、八重の三人がほぼ同時に叫んだ。頼りになる助っ人たちは、次々に下ごしらえを終えていく。

「ありがとう……むぎちゃん、キャベツを冷ましたら平らになるようにしてくれ。銅、輪切りにして鍋に入れてくれ。八重先生、こっちのザルにあげておいて、もう一度鍋でお湯を沸かしてください」

さらりと三人へ指示を飛ばす剣。手元では、人参やホウレン草、パプリカを刻んで調味料を合わせていく。それらの材料を混ぜ終えると、沸騰した鍋に投入し、さっと引き上げた。そして鶏のむね肉を敷いて、その上に載せ、くるくると巻いていった。

「剣さん、それどうなるんですか？」

紡が尋ねると、剣はニヤリと笑って……

「できてからのお楽しみだ」

さっきから、何を聞いてもこれだった。

「お楽しみは嬉しいですけど、作ってる人間にとっては困りますよ。出来上がりイメージを教えてくださいよ～」

「剣さん、右に同じ。せめて自分が関わってるものは教えてほしいわ」

「我も同じくです。結局主様と銀は手伝いには参加せず……働いておる我にほんの少しばかりの褒美があってもいいのでは？」

「う～ん、じゃあ……ほら」

剣はしぶしぶ、台所の隅に置いていたレシピを見せた。すると、不満げだった三人が感嘆の声を漏らした。

「すっごいごちそうですね」

「これは大変ね」

「これは……見事な」

「自分のレシピを応用して、寄せ集めただけですよ」

どれもクリスマスをモチーフにした料理だった。剣は和食が専門分野だが、この中には和食はなかった。ここにいる皆のために、そして……

台所にいた四人は視線を合わせ、同じ人物を思い浮かべる。

「では我は、この芋を茹で終えたら潰してマッシュポテトにしましょうぞ」

「私は、お湯が湧いたら今度はトマトを茹でないとね。あとパスタも」

「私は、さっき茹でたほうれん草少しもらいますね。ペースト状にしなくちゃ」

「ありがとう。サラダと……これとこれは任せてもいいかな？　俺はメインにかかる」

剣の言葉に、全員が頷き合った。それを合図に、剣を含めた四人が、一斉に動き出す。

その日は洋食ニコイチ亭は昼で店じまいした。クリスマスだというのに夜の営業はしないと判断したのには理由がある。今日は決戦の日だからだ。

この数日間、悠は茜とともに特訓していた。宇宙一のブッシュ・ド・ノエルを作って、剣を驚かせる。そのために、栗間からもらったレシピを何度も何度も改良して、そして……出来上がった。あとは、実食あるのみ……

茜と繋いだ悠の手に、ぎゅっと力がこもる。今、悠の胸の内には様々な不安が押し寄せているのだろう。本当に美味しいだろうか。剣は喜んでくれるだろうか。自分の誕生日なんてお祝いしてくれるんだろうか……

「大丈夫。剣さんはきっと待ってるから」

茜の穏やかな声に小さく頷くものの、悠は怖かった。剣に嫌われていたら、どうしよう。悠はずっと一緒にいたい。大好きな気持ちは変わらない。

だけど剣はあんなことを言っていた。それなのにまた会いにいこうとしている。悠をもっと怒るかもしれない。ケーキを食べてもらえないかもしれない。目尻に浮かぶ涙を、茜が何度も何度も拭う。数日ぶりの剣の家がもうすぐそこまで迫っていた。

レシピを確認しながら、剣は手順をこなしていった。

（さっきの鶏肉で野菜をくるくる巻くの、悠が見たらやりたがっただろうなぁ）

剣はふとした拍子にそう思ってしまう自分に呆れた。悠をあんなに傷つけた自分が、こんな想像をする資格などない。だが、それでもこれらを食べたら悠は喜ぶだろうかと、気付けばそんなことばかり考えていた。悠は自分にどんな目を向けるのか。剣はそんな不安を抱えながら、黙々と手を動かし続けた。そのとき、剣の背後から声がかかる。

「おう、ゲストのご登場だぞ」

小さな足音が、剣の背後で止まる。おそるおそる振り向くと、そこには悠がいた。不安そうな面持ちで、震えながら、剣を見上げている。その表情に、剣は息を呑んだ。

「悠」

呼んでいいのかどうかすら、わからない。だがそれでも、手を伸ばさずにいられない。広げた腕の中に、悠がすぐに飛び込んできた。そこが帰る場所であるかのように。

「けんが……い……！」

「悠？　なんて言ったんだ？」

悠は剣の肩に顔を埋めたまま、さっきよりももっと大きな声で、その言葉を叫んだ。

「けんがいい……！　けんといっしょにいたい……！」

「っ！」

悠の手に力がこもる。強い力で剣を抱きしめる。すると千代がニヤリと笑った。『それごらん』と言いたげだ。

賭けは剣の負けだ。『誓い』の言葉を口にした。剣の中に、新たな『誓い』が刻まれていく。剣は震える小さな体を抱きしめながら、

「ごめんな、悠。もう絶対にあんなこと言わない。俺がずっとおまえの家族でいる。たとえ離れ離れになったとしても、おまえをずっと思っている。おまえのために、俺は生きるから……！　だから……おかえり、悠」

「ただいま」

剣と悠がお互いに笑い合う。剣は己の浅はかさを悔いると同時に、大切な存在に気付くこ

とができた喜びを感じていた。だが、剣が悠を抱きしめていると……

「みゃあ」

千代が鳴いた。紡や八重がいるので、喋るのは控えたらしい。

しかし、その正体を知る者たちはすぐに鳴き声の意味を悟った。

『早く作れ』ということらしい。

誰からともなく、クスクス笑い声が起こり、皆それまでの作業に戻った。

「じゃあ、私も参加しますか」

コートを脱いだ茜が、腕まくりをして入って台所に入ってくる。

「茜さんはいいですよ。ケーキ作りが担当でしょう？」

「えーいいじゃない。私にも何か手伝わせてよ」

「う……じ、じゃあ……お任せします……」

茜が冷蔵庫などを覗いて何を作るか決めている。

「ねぇ、ちょうどそこに余ってる卵白使ってもいい？」

「ああ、どうぞ。何に使うんですか？」

「出来上がってのお楽しみ～」

そう言いながら、茜はにんまりと笑って人差し指を立てた。

剣たちは、各々忙しく働く。

その様子を、悠がウキウキしながら見つめている。そして、期待に満ちた目で見守られる中、次々に声が上がる。

「できました！　クリスマスリーフ風ベーグルサンドです！」

「私も。ミニおにぎり、クリスマスアレンジ、完成よ」

「こっちも完成！　ふわふわ雲のメレンゲスープだよ！」

「こちらも負けておりませんぞ。こってりグラタンの出来上がりじゃ」

紡が、八重が、茜が、銅が、まるで競い合うように、次々料理が仕上げていく。

「おお、美味そうだな」

目を輝かせた伊三次が、出来上がった皿から順番に居間に運んでいった。

「俺も負けていられないな」

皆が作ってくれた一皿を見て、剣が言う。

「剣殿の鍋からもいい匂いがしますぞ」

銅が覗き込んだ鍋からは、コンソメの香りが漂っていた。鍋の中には落し蓋があって、何が入っているかはわからない。

「そろそろいいかな」

そう言うと、剣が落し蓋をぐいっと引き上げる。

しめじ、人参、そして大きなキャベツが、鍋の底でぎゅうぎゅうに敷き詰められている。

そこへ、剣が傍に置いてあった計量カップの中身を大胆に投入した。

「ぎゅうにゅう！」

いつの間にか伊三次に抱えられて覗き込んでいた悠が叫んだ。

鍋の中は、真っ白になった。すると、ほんのりと甘い香りが漂い始める。牛乳とキャベツと人参(にんじん)から香る、素材の旨味と牛乳が合わさった優しい香りだ。

「そのとおり」

剣は悠に笑いかけ、そこに塩と胡椒(こしょう)を振りかけた。

「よし、もうひと煮立ちしたら仕上げだ」

「まだ？」

「うん、もう少ししたら完成だ」

悠は、少し残念そうに鍋をちらちら見ていた。すると、机で紡と八重と銅が共同で作っている一皿が、悠の目に留まった。そこにあったのは、クリスマスには欠かせないもの……

「クリスマスツリーだ！」

テーブルの上には、大きなお皿の上に鎮座する、白と緑と赤で彩(いろど)られたクリスマスツリーがあった。

「我(われ)が必死に芋(いも)をつぶして、八重殿が湯がいたブロッコリーとトマトで飾り付けをしたのじゃ。どうじゃ、なかなかの出来栄えじゃろう？」

自慢げに言う銅に頷きながら、悠はじっとツリーを見上げた。

すると、紡が何かを悠に差し出した。薄いオレンジ色の……人参でできた星だ。

「おほしさま？」

「そう。それをてっぺんに載せたら完成だよ」

悠は、そう言う紡を見る。次いで剣を見た。剣は頷いて答えた。

「悠が載せてくれるか？」

伊三次に抱えられた悠は、小さな腕を精一杯伸ばし、ツリーの頂点にちょこんと小さな星を乗せる。落ちないようにしっかり固定したら……

「うん、ポテトサラダのクリスマスツリーの完成ね」

山のように盛りつけたポテトサラダに、ブロッコリーとミニトマトが飾ってある。

見事なクリスマスカラーだ。悠が感嘆の声を漏らすのを見て、八重たちは満足そうだった。

「こっちももうすぐ完成だ」

剣がそう言うと同時に、悠は今度は剣のほうに駆け寄った。

また伊三次に抱えてもらって鍋を覗き込むと、剣が小さな器から白い液体を流し込んでいた。水溶き片栗粉だ。それを入れてかき混ぜると、おたまのスピードがゆっくりになっていく。おたまに載った大きなキャベツの塊が、真っ白なクリームに包まれて湯気を放っている。

「ふわぁ……！」

悠の声を聞いて、剣はニヤリと笑った。

「さぁできた。ロールキャベツのクリーム煮だぞ」

目をキラキラさせながら頷く悠に、剣は続けて言った。

「さぁ、あともう一つで完成だ」

コンロは三口。一つを剣が使い、もう一つは先ほどまで茜が使っていた。では残る一つは……大きな蒸し器が蒸気を吐き出している。その中で、剣ただ一人が、じっと中を覗き込んでいた面々は、その熱に思わず目を瞑る。その中で、剣ただ一人が、じっと中を覗き込んでいた。

「うん、十分だな」

そう言うと、中にあったものを取り出す。ひもで縛ってある、肉の塊だった。

「なんだそれ？　チャーシューか？」

「う〜ん、ちょっと違うな」

「さっきの鶏のむね肉ですよね？」

「むぎちゃん、半分正解。まぁ見てな」

太い棒状の肉の塊が二本、並んでいる。剣はフライパンを取り出して油を引いて温めると、その中に二本とも並べて焼き始めた。熱したフライパンの上で油が熱くなり、そこに投入された肉を遠慮なく焼いていく。油が肉にまとわりつき、ジュワッと音を上げる。

「いい音……」

紡がうっとりした声で呟くと、剣がにやりと笑った。くるくると何度か回転させ、全体を満遍（まんべん）なく焼いていくと、どの面もこんがりとしたきつね色に変わった。

「よし」

そこへ少しとろみのついたタレを投入する。醤油（しょうゆ）やみりんが入ったタレがフライパンに広がり、油と混ざってパチパチと小気味いい音を奏でる。

剣は再び肉を転がし、きつね色の表面に飴色のタレを絡めていく。香ばしく、甘辛い香りが広がった。

すると、剣はそれらを取り出してまな板に置き、輪切りにする。肉で野菜をロールした鶏（とり）むね肉は、切るたびに色鮮（あざ）やかな断面を覗かせる。片方は人参（にんじん）や赤パプリカなど赤やオレンジ色、もう片方はほうれん草の緑色がきれいに映えている。

大きな皿に二種を交互に並べると、オレンジと緑のコントラストが利いた彩（いろど）りがある一皿が完成した。そして上からフライパンで温めたタレを流しかけて……。

「よし、できた。二色のクリスマスロールチキンだ。じゃあ、皆でクリスマスパーティを始めるか」

主役である悠に、全員の視線が集中する。出来上がった最後の料理を居間に運び、全員がテーブルを囲んで座った。全員がコップを手にしたことを確認し、剣が高らかに言った。

「悠、お誕生日おめでとう！」

その声に合わせ、一同は手にしたコップを掲げた。

「「「「おめでとう！」」」」

ガラスのコップがぶつかり音が鳴る。

「ありがと……ございます！」

悠は、がばっとお辞儀をし、フォークを手にした。テーブルについた面々もまた、それぞれ箸やフォークを握る。

机の上にはたくさんの皿が並んでいた。中央にはアロマキャンドルを置き、それを取り囲むようにロールチキン、グラタン、そしてポテトサラダのツリーが配置してある。その隣にはサンタおにぎりとリースベーグルサンドが、それぞれ大皿にたっぷり載っていた。

更に、雲風のメレンゲスープが入った小さなマグカップも置かれている。

「なかなか壮観な眺めだな」

テーブルの上を見渡した剣が、しみじみ呟く。

悠は嬉しそうに、テーブルに並ぶ豪華な料理をじっと眺めている。悠のことだ。食べるのがもったいないと思っているのだろう。

「悠、このグラタン食べてみな。銅と銀が一緒につくったんだぞ」

そう言うと、悠が銀を見た。戦力外通告をされていた銀も、最後に少しだけ手伝っていたのだ。剣は隣に座る悠の皿にグラタンを掬ってやった。これまで悠にはできるだけお腹にやさしいものを食べさせてきた。ひき肉やチーズが絡み合ったこってりとした料理を見て、悠は目を丸くする。悠はほんの少しだけ、ひき肉とチーズが載ったジャガイモを口に入れる。

おそるおそる咀嚼していくうち、悠の目が見開かれる。

そして、ごっくんとしっかり飲み込んで叫んだ。

「おいしい！」

「だってさ、銅、銀。よかったな」

伊三次がにやりと笑みを向けると、二人は満足げに、照れ臭そうに顔をそむけた。

「ま、まぁ……私たちが作ったのだから当然ですね」

「もっと食すがいいぞ。他の皆様も、童が食べつくす前にお召し上がりください」

そう言うと、銅は悠の皿に、銀は伊三次や八重や紡たちの皿に次々よそっていった。

剣もそれぞれの料理をバランスよく取り分け、悠の皿には一通りの料理が載った。

悠はどんどん食べ進めていく。保護したばかりの頃には考えられなかった食いっぷりだ。

「悠、この中でどれが一番美味い？」

あらかたの料理を食べ終えたタイミングで剣が問う。悠は箸を置き、迷いながら二つ指さした。それは、オレンジ色と緑色の二色の野菜を巻いたチキン、そしてロールキャベツだ。

「やっぱりそうか」

伊三次が、からからと笑った。

全員が、剣を見つめる。その中で、悠が向ける瞳はひときわ喜びに満ちている。

「そうか……じゃあ、これからももっとたくさん美味しいものを作って食べような」

「うん！」

蕾が開花するかのように、満開の笑顔を見せた悠が、剣の腕に抱き着いた。剣がその肩に、そっともう片方の手を添えると、ぽかぽかとした温度が伝わってきた。

「さて、ではいよいよ主役の登場かな」

そう言うと、剣は悠に目配せした。悠はその意図を察し、きりりと引き締まった表情になる。剣と悠は台所へ向かい、颯爽と居間に戻った。剣は人数分の小皿とフォーク、それに包丁を持っている。悠は手に大きな箱を持っていた。ケーキを入れた箱だ。

悠が箱から慎重に取り出したのは……チョコの生地とクリームによって年輪が刻まれた、薪をモチーフとしたケーキ……ブッシュ・ド・ノエルだ。木の部分にはチョコクリームを塗って、更にその上には真っ白なクリームがこんもり乗っている。大きな薪に雪が積もったかのようだった。

「悠の力作だそうだ。そうですよね？」

剣は、茜に視線を送る。茜は悠と目を合わせて、二人で揃って頷いた。

「じゃあ切り分けまーす」

茜がケーキに包丁を入れる。人数分に均等に切り分け、最初の一片を、剣に差し出した。

「剣さん、悠ちゃんの本気をくらいなさい」

「……はい。心して」

皆が見守る中、剣はスポンジとクリームを一緒に一口、ぱくっと口に放り込む。二種類のクリームによって、甘さとほろ苦さが口の中で溶け合っていく。それをふんわりと柔らかなスポンジが包み、一つにまとめていく。シンプルながらも奥行きのある味わいだった。

「……うん、美味い。すごいな、悠」

心からの賛辞が、剣の口から零(こぼ)れ出(で)た。自然と、悠の頭を撫(な)で回(まわ)すが、喜ぶどころか驚いていた。称賛の言葉と同時に、剣の目には涙が溢(あふ)れ出(で)ていたからだ。

「けん、かなしい？」

「いや、そんなことはないよ。これは、その……嬉しいんだよ」

悠が誰かのために、誰かの美味しいのために、自分の力で工夫した。たとえ茜の力を借りていたとしても、その結果、文句なく美味しいケーキがここにある。

剣は、新たな料理人の誕生を喜ばずにはいられなかった。ましてそれが、自分が寄り添ってきた悠とあっては、涙が止まらなくなってしまうのも無理はない。

「悠、本当におめでとう……！」

剣に力強くそう言われて、悠は照れくささと誇(ほこ)らしさが合わさった笑みを見せる。そんな悠を見て、剣はふと思い立つ。無言で立ち上がり、台所まで行って、戻ってくると、その手には小さな包みが握られていた。そっと包みを開けると、古びてはいるが、よく手入れされた包丁であることがわかる。

「悠、これをおまえに持っていてほしい」

悠は、おそるおそる受け取った。剣と包丁を何度も見比べている。

皆、突然のことに驚いていたが、伊三次と茜の二人は違っていた。二人はこの包丁がなんなのか、知っていたからだ。伊三次も茜も、視線で『いいのか』と剣に問うている。

剣は頷いた。この包丁……剣自身である包丁を託すのはもとより決めていたことだ。

剣の様子を見て、伊三次も茜もこれでいいんだと、わかった。

これこそが、剣の選んだ、悠と歩んでいく道なのだと。

「大事にしなきゃね、悠ちゃん」

茜は笑いながら、包丁をしっかりと包み直した。

「この包丁で将来、いっぱい美味しいものを作ってくれ」

「うん！」

剣の言葉を受けて、悠の目には密かに決意の炎が宿っていた。今はまだそれに気付いていた者はいないが、この日が、悠の人生における新たなスタート地点となったのだ。

「よし、じゃあ他の皆も悠へのプレゼント渡していくか！」

その日、この家に喜びの声がずっと響いていたことは、言うまでもない。

❖

先ほどまできらきら輝いていた瞳に重い瞼（まぶた）が落ち、悠はとろんとまどろみかけていた。

「そろそろお暇（いとま）しますか」

伊三次の声に、皆、静かに頷いた。そして、皆そろりと玄関から出て、解散する。

「なんて、幸せなんだろうな」

雪の向こうに消えていく伊三次たちの姿を見つめながら、剣はぽつりと呟いた。その足元に、千代が寄ってくる。

「何を感傷に浸ってるのさ」

「いえ、今日みたいな日が続けばいいなと、思いまして」

これからどうなっていくのかはまだわからない。だが、剣は決めた。どれほど遠く離れようと、長い間会えなくても、必ず悠の味方でいようと。いつも思っていると、迷わずに伝えようと。

「感傷に浸るのはおよしよ。今はまだ、このままでいいじゃないか。あんたにできることはそう多くはない」

「俺に……できること？」

「たった一つしかないだろう。昔も今も、これからもね」

確かにそうだ。料理人の魂を受け継いで生まれた自分にできることなど、一つしかない。

剣はそう思った。剣は料理で幸せにするしかない。それで、十分なのだ。

「ところで、いつまでこんな寒いところにいる気なんだい？　風邪を引いちまう」

千代が、ぶるっと体を震わせて言う。

「俺や千代様が風邪なんて引くわけないでしょう」

「引いたらどうするのさ。早くこたつに入るよ」

剣は急かされ、千代とともに玄関をくぐった。すると、上がりかまちにちょこんと立つ影が、剣と千代の様子をじっと見つめていた。

「悠、起きたのか？」

悠はその問いには答えず、ぎゅっと掌を握りしめて、問い返した。

「けん、おわかれ……しなくちゃダメ？」

想いは確かに伝えたが、だからといって、悠の不安は消えたわけではなかったようだ。剣はしゃがんで悠と目線を合わせた。悠の目は不安げに揺れている。

「悠、俺は器用じゃないから……正直に言うよ。離れ離れにはなっちゃうかもしれない。でもそれは、どうしようもないんだ。でも……俺は悠の家族だから」

「……うん」

「離れても、違う人が悠を育てても、俺が家族であることは変わらない」

「うん……！」

「悠がご飯を食べたいって言うなら、地球の裏側にだってすぐに飛んでいく」

「……チキュー？」

「あ～、すっごく遠くてもってことだ。だから……」

悠が突然剣に抱き着いた。剣も小さな体を抱きしめる。

「けんのごはん、まいにちたべたい」

「うん、いいとも」

やはり、悠の中ではまだ離れ離れになるイメージはできていないらしい。剣だって、覚悟をしているだけで実感はない。悠はぎゅっと力を込めて剣に抱きついていたが、急にぱっと離れて慌てだした。

「そうだ！　まだ言ってない！」

「うん？」

悠はそわそわした様子で大きく両手を広げて、そして掌（てのひら）を合わせた。何をするつもりか、剣にはすぐに察しがついた。剣も悠に倣（なら）って両手を合わせる。

そして、二人揃って大きな声で……

「ごちそうさま！」

終章　付喪神(つくもがみ)の子

剣が初めて誕生日をお祝いしてくれた、とっても幸せな日から十二年。

「今日も頑張って、美味しいものを作るよ！」

洋食ニコイチ亭の厨房(ちゅうぼう)で、今日も私は、目の前の古びた包丁に向けて宣言する。

この包丁をもらったときから、たくさんの料理を作ってきた。小さい頃から剣の背中を追い続けて、絶対に料理人になると決めていたから。

高校は調理師コースのある学校に入って、放課後は実家でもある洋食ニコイチ亭でお手伝い兼修行をさせてもらっている。今は高校三年の卒業間近で、自由登校期間だから、朝からお手伝いに入っていた。そして……春からは、このニコイチ亭の厨房(ちゅうぼう)で見習いとして働く。夢に向けて一歩、歩み出せる。

包丁に話しかける習慣は、変だと言われることもあるけれど、私にとって料理に向き合う前の、大事な儀式だ。

「悠、野菜の下処理お願い。ハムとサラミも切っちゃって。卵も溶いておいてくれない？できれば備品のチェックもお願い！」

嵐のように次々指示を出すのは、私の里親であり、この店のオーナー、宮代茜さん。今日も人使いが荒い……。

茜さんは料理に関しては厳しいけど、温かくて、人のことをよく見ている優しい人だ。

「さっき一人で呟いてたけど……どうかした？」

「な、なんでもないです！」

「ほら、手を動かす！　こんなんで音を上げてちゃ、将来この店は任せられないなぁ、見習いちゃん」

「えー、うそ！　頑張るから、お願いします、オーナー様！」

こんな感じで、この厨房はいつも笑いが絶えない。茜さんのおかげだ。

洋食ニコイチ亭は結構繁盛していて、いずれは二号店を出そうとしているらしい。その店の経営を息子の葵くんに、厨房を私に任せたい……という話が、あるとかないとか。

「おーい、準備できたか？　そろそろ店開けるぞ」

「あ、待って待って。悠、早くやっちゃおう」

「はい！」

茜さんの旦那さんであり、ホール責任者の金剛さんは時間に厳しく、ちょっと気を抜くといつも遅れそうになって、叱られてしまう。でも、真面目で優しくていい人だ。それに、茜さんのことが大好きなのだ。

「無駄口はいらねえ」

怒られてしまった……だけど、確かに開店後は無駄口を叩いている暇なんて一切ない。

「三番テーブルまだか?」

「今出る! お客さん、外で待ってるよ」

「任せろ。あとこれ、五番のオーダー」

「悠、六番テーブル、お皿下げちゃって」

「はい!」

これだけ繁盛(はんじょう)しても、まだ家族以外の従業員を雇(やと)っていないいんだから驚く。それとなく言ってみたことはあるけれど、そのたびに金剛さんに「茜に変な虫がついたら困る」と言って睨(にら)まれてしまう。まぁ、二人がいいならいいのかな……と思っている。

それでも毎日毎日、ランチタイムにはヘトヘトになっている両親を見ると、どうしても心配になる。そんなことを考えていたら、またドアが開いた。

「いらっしゃいませー! って……伊三次さん!」

「よっ」

背の高い、ちょっとワイルドな雰囲気の私立探偵(しりつたんてい)さんが現れた。その後ろには、黒っぽい服装の、同じ顔をしたかっこいい双子がいる。伊三次さんも、銀さんも、銅さんも、私が小さい頃からすごく可愛がってくれた。それは今も続いていて、私が茜さんに引き取られてから、ほぼ毎日ランチタイムに来てくれる。彼らが来てくれてとっても嬉しい。昔から可愛がってくれた常連さんだからというだけではなくて……

「やった！　伊三次さんたちならちょっとくらい待ってくれるよね？　他のお客さんのオーダー優先でいくね」

「おいおいおいおいおいおい」

「まぁいいではありませんか。あとでもう一人来るのですし」

「左様。ゆったりお待ちしましょう」

「おら、お前らはさっさと食って、さっさと席空けろ」

金剛さんが、伊三次さんたちを睨みながら言う。

「ほら、意地悪しない。それに伊三次さんたちは、今日はランチ後までいるんでしょ？」

「はい、その予定です」

もう少ししたらランチタイムが終わり、休憩時間に入る。いつもなら賄いを食べて、夜の営業の下ごしらえをするけど、今日は、特別な予定がある。

「なんたって、悠の考案したメニューがこの店のメニューに加わるかどうかの審査だもんね」

「はい、悠が一人前の料理人として歩み出す姿を、しかとこの目に焼き付けようと思いましてね」

茜さんの言葉に伊三次さんが頷く。

「やだなぁ伊三次さん。そんなこと言われると緊張しちゃうよ」

「それもそうか」

急に気恥ずかしくなってもじもじしていると、金剛さんに肩を叩かれた。

「悠、こいつらに構わなくていいから、厨房に戻れ。あいつが来るまでに準備しておけ」

「うん！」

金剛さんがそう言うと、伊三次さんたちも頷いた。

そして、厨房に戻ろうと踵を返した、そのとき――

「こんにちは。ちょっと早いでしょうか」

ドアが開くと同時に、声が聞こえた。今日一番、楽しみにしていた声だ。

皆に会釈をし、その人は最後に私のほうを向いて目元を緩める。あの頃と変わらない温かな声で、私を呼ぶ。

「悠、来たよ」

「……うん。いらっしゃい、剣」

ぺこりとお辞儀をする私に、剣は袋をいくつか差し出した。

「ちょっと早いけど、卒業祝いを預かってきたんだ。むぎちゃんと栗間さんから」

手渡された袋に入っていたのは、飴細工で作った花束と、たくさんの猫のチョコレートだった。むぎちゃんは現在パティシエとして栗間さんのお店で働いている。いつも可愛くて美味しいお菓子を試食させてくれる。栗間さんは、何かあるたびに猫のチョコレートをくれる。どうしてかはわからないけど、もらうと胸が温かくなる。

「嬉しい。今度、お礼言いにいくね」

「二人とも喜ぶよ。それにしても……俺からの卒業祝いは、こんなことでいいのか?」

「うん。だって、どうしても剣に食べてほしいから」

私がお願いした剣からの卒業祝い……それは、今度の新作メニューになるかもしれない料理を、剣に試食してもらい、合否を出してほしいということ。

実は、茜さんにはすでにメニューに載せていいと言ってもらっている。だけど、どうしても、剣にも食べてほしかった。この料理を出してもいいと、言ってほしかった。

「楽しみにしてる」

「うん、待ってて」

そう言って、私は厨房に戻った。剣は伊三次さんたちと同じテーブルについて、挨拶している。冷蔵庫を開けて、もらった卒業祝いを入れて、代わりに準備しておいた野菜などの食材を取り出す。

「もう店の手伝いは大丈夫だから、取りかかりなさい」

「ありがとう、茜さん」

気合をこめて深呼吸して、鍋を一つ手に取った。中に、あらかじめ仕込んでいたコンソメスープと切っておいた人参、玉ねぎのみじん切りを入れて、火にかける。

しばらくすると、湯気が上り始める。温まっている間に、ライスをよそう。一人前より少し少なめだ。よそったライスを、沸騰する前のコンソメスープに投入した。そっとほぐして、先に入れていた野菜と混ぜる。

徐々にふつふつし始めた。それを合図に、ご飯の中央部分をほんの少しくぼませる。そして、そこへ卵を落とす。卵の黄身を見て、思わず顔が綻んだけど、すぐに蓋をして、器を用意する。

数分経って蓋を取ると、琥珀色のスープとご飯と野菜、そしてそれを覆う真っ白な卵が見える。まるで雪が積もっているみたいだ。だけど、雪と違って温かい。

卵が固まり過ぎず、半熟でぷるぷるしていることを確認して、鍋の中身をそのまま器に移した。その上から黒コショウをふり、パセリを散らして、最後にパルメザンチーズを振りかけたら……完成だ。

店内を見ると、ちょうど金剛さんが立て看板を持って、ドアから入ってくるところだった。ランチタイムが終わり、お客さんも皆帰っている。

店にいるのは、これまで私を見守ってくれた人たちばかり。皆の視線を浴びながら、私は剣のもとへ器を運ぶ。こぼさないように、崩さないように、ゆっくり慎重に歩く。でも、早く食べてもらいたい。逸る気持ちを抑えつつ、剣の席に、そっと器を差し出した。

剣は、器から漂う匂いに頬を緩めていた。

「シェフ、この料理はなんですか？」

私は、息を吸い込んでから、言った。

「洋風アレンジした『宝箱のお粥』です。どうぞ、召し上がれ」

「……いただきます」

剣は両手を合わせてそう言い、スプーンを手に取った。そして、くすっと笑って、器の中を指さす。

「……双子、なんだな」

ご飯の卵は、黄身が二つだ。こんな偶然があるのかと、なんだか嬉しくなった。

「これ、割ってもいいのかな？」

「どうぞ」

ちゃんと許可を得てから、剣はスプーンでそっと触れる。柔らかい黄身をスプーンで割ると、とろっと器全体に流れた。器の中身が、鮮やかな黄色に染まっていく。

お粥をそっと掬い上げると、白と黄色と、橙と緑、色んな色の食材が一緒に持ち上がる。

「本当、宝石が詰まった宝箱みたいだな」

スプーンの上できらきら光っているお粥をしげしげ眺めて、剣はぱくっと頬張った。

「うん。美味しい」

「ほんと⁉」

剣は頷きながら、ぱくぱく口に入れていく。いつもなら感想を言いながら味わって食べるのに、よほど美味しかったのか、今日は次々と掬って食べている。ぺろりと平らげてしまうまで、あっという間だった。そんな剣を、皆は……なんだか呆れた目で見ていた。

「剣さん、何か言ってあげなよ」

「え⁉　美味しいって言いましたよ？」

茜さんの言葉に、剣が慌ててそう返す。

「言葉が足りないだろ、どう考えても」

「他の者ならともかく、剣殿はもっと色々と誉めるべきです」

「我もそう思います」

「何がどう美味かったのか、あと合否を、十秒以内に言え」

伊三次さんと銀さん、銅さん、金剛さんがまくしたてる。

「は？　え、えーと……味付けが絶妙で、見た目もきれいで、香りもよくて、よかったな。あとは……」

慌てて指を折りながら誉め始める剣を、皆はくすくす笑って見ていた。

私はというと、たくさん褒められてなんだか恥ずかしくなってきた。

「はいはい。微笑ましいけどからかうのはここまでにしましょうか。剣さん、ズバリ合格ですか？　どうですか？」

「え、合格に決まってるでしょう」

茜さんに問われて、剣はきょとんとして答えた。あまりにもあっさりとしていて、皆反応が遅れる。そんなことなど気にも留めずに、剣は私の頭をぽんぽん撫でた。

「すごいな、悠。俺が作った料理を、こんなにも美味しい料理にアレンジしちゃうなんて……完全に追い越されたな」

「そ……そんなことない！　まだまだ剣に教わりたい！　もっと一緒に料理作りたい！」

「そうだな。まだまだ、これからだな。もっといっぱい伝えるから、悠はそれをもっといいものにして、たくさんの人に食べさせてくれ」

「うん！」

剣は、昔から何も変わらない。料理以外のことは無頓着で、ズレてるところがある。でも料理に対しては誰よりも熱心で、優しくて、そして温かい。

そして、そんな剣を『お父さん』として慕っている私も、変わらない。

たぶん、この先誰に聞かれても堂々と言える。

私は剣に拾ってもらった、付喪神の子。色々な人の想いを継いで、それを料理で伝えていく。それが、剣……あなたにもらった私の『未来』だから。

●参考文献

《書籍》

川上文代 著『イチバン親切な和食の教科書』（新星出版社）

田口成子 著『世界一わかりやすい！　料理の基本―材料別に切り方や下ごしらえ、最もおいしく食べられるレシピを紹介！』（主婦の友社）

『だしの研究：だしの仕組みを理解して、自在に使いこなすための、調理とサイエンス』（柴田書店）

関斉寛 著『プロが教える和食の基本 素材の旨味を引き出せば究極に美味しくなる』（KADOKAWA）

森川裕之 著『愛蔵版 和食の教科書 ぎをん献立帖』（世界文化社）

灰ノ木朱風
Shufoo Hainoki
吉祥寺あやかし甘露絵巻
~白蛇さまと恋するショコラ~
ちょっぴり
甘くてドキドキの
居候生活スタート!?
閑静な住宅街、緑豊かな吉祥寺の古民家カフェ『9-Letters』。店主であるパティシエール・玲奈は、あやかしの姿を見ることができる『見鬼』の才を持っていた。右鬼や左鬼——カフェを手伝うあやかし達と共に暮らす彼女はある朝、あたたかな体温を感じて目が覚める。なんと隣に美貌の男が潜り込んでいたのだ! 美貌の男の正体は、白蛇のあやかし。彼は玲奈に『霖』と名付けられ、不思議な居候生活がはじまることになったが、幼馴染の陰陽師・七弦には思う所があるようで——? ちょっぴり甘くてドキドキのあやかしファンタジー!
◉定価:726円(10%税込) ◉ISBN:978-4-434-32480-2
◉Illustration:SNC

死神飯に首ったけ！

「しにがみめしにくびったけ！」

腹ペコ女子は過保護な死神と同居中

神原オホカミ
Kanbara Ohkami

死ぬまで世話焼いたるし、幸せにしたるから

覚悟しいや！

伯父の借金を背負わされ、突然どん底まで追い詰められたOLの朱夏（しゅか）。成す術もなく、気づけば人生も崖っぷち——そんな彼女を助けてくれたのは、金髪強面の死神だった！　「あんたが死ぬと、俺たちの仕事が猛烈に増えて面倒くさいんや！」そんな台詞とともに始まった、死神〈辰（しん）〉との同居生活は、朱夏に当たり前の生きる幸せを思い出させてくれて……。飯テロ級の絶品ご飯と神様のくれたご縁が繋ぐ、過保護な死神×腹ペコ女子のトキメキ全開満腹ラブ！

◉定価：726円（10％税込）　◉ISBN:978-4-434-32478-9

◉Illustration：新井テル子

この作品に対する皆様のご意見・ご感想をお待ちしております。

おハガキ・お手紙は以下の宛先にお送りください。

【宛先】

〒150-6008 東京都渋谷区恵比寿4-20-3 恵比寿ｶﾞｰﾃﾞﾝﾌﾟﾚｲｽﾀﾜｰ 8F
(株) アルファポリス　書籍感想係

メールフォームでのご意見・ご感想は右のＱＲコードから、
あるいは以下のワードで検索をかけてください。

ご感想はこちらから

アルファポリス文庫

付喪神(つくもがみ)、子(こ)どもを拾(ひろ)う。２

真鳥カノ（まとりかの）

2023年 8月31日初版発行

編集－和多萌子・宮坂剛
編集長－太田鉄平
発行者－梶本雄介
発行所－株式会社アルファポリス
〒150-6008東京都渋谷区恵比寿4-20-3恵比寿ｶﾞｰﾃﾞﾝﾌﾟﾚｲｽﾀﾜｰ8F
TEL 03-6277-1601（営業） 03-6277-1602（編集）
URL https://www.alphapolis.co.jp/
発売元－株式会社星雲社（共同出版社・流通責任出版社）
〒112-0005東京都文京区水道1-3-30
TEL 03-3868-3275
装丁イラスト－新井テル子
装丁デザイン－AFTERGLOW
印刷－中央精版印刷株式会社

価格はカバーに表示されてあります。

落丁乱丁の場合はアルファポリスまでご連絡ください。

送料は小社負担でお取り替えします。


ISBN978-4-434-32481-9 C0193